佐藤青南

白バイガール

幽霊ライダーを追え！

実業之日本社

実業之日本社文庫

白バイガール *The motorcycle police girl*
幽霊ライダーを追え！

contents

白バイガール

幽霊ライダーを追え！

プロローグ

坂巻透《さかまきとおる》が黄色い規制テープを持ち上げて現場に入ろうとしたとき、背後から声をかけられた。

「もう来てたのか」

峯省三《みねしょうぞう》だった。坂巻がペアを組む、神奈川県警本部捜査一課の先輩刑事だ。

「おはようございます。朝からくそ暑かですね」

坂巻がそう言って自分をあおぐと、峯は靴カバーをつけながらおかしそうに眉を上下させた。

「おまえは、何枚か余分に着てるようなもんだからな」

坂巻のベルトの上には、大福餅のような腹が乗っかっている。おまけに、早くも頭髪が薄くなり始めたものだから、見た目年齢はプラス二十歳。峯がすらりとして若々しいのは坂巻も認めるところだが、自分の父親と同年代のベテラン刑事よりも年嵩《としかさ》に見られることがあるのは、どうしたものか。

横浜《よこはま》赤レンガ倉庫にほど近い、公園の一角だった。目の前には青い海が広がっており、大さん橋に停泊する巨大な豪華客船、その奥には横浜ベイブリッジも見える。

日中にはカップルや家族連れで賑《にぎ》わう場所に、いまは殺伐とした空気が漂っていた。急遽《きゅうきょ》召集された警察関係者のほか、なにごとかと現場を取り巻き始めた野次馬、ちらほらと姿の見える報道関係者で、周辺は騒然となっている。

「少し痩せたほうがいいんじゃないのか」

「これでも痩せたとですよ。三キロも」

「本当か。見た目はぜんぜん変わらないけどな」

「ユキナちゃんからは、すぐにわかったって言われましたけど」

「おまえもぼちぼち風俗通いを卒業して、ちゃんと嫁さん探したほうがいいんじゃないか」

「嫁さんも探してはいます。ただ、なかなかおれのお眼鏡《めがね》にかなうような女性が、現れんとです。おれ思うとですけど、おれみたいな男は、もしかしたら三十過ぎてからが勝負じゃないかなと」

「おまえ、いまいくつだ」

「二十八です」

峯が口を半開きにした。

「そんな若かったんだ。てっきりもう四十近いのかと思ってた」

「そう言いながら、ここを見るのやめてください」

坂巻は浜風になびく頭頂部の毛髪を、なでつけるようにした。

二人は芝生《しばふ》に敷かれた歩行帯の上を歩いて、公園の中ほどに設置されたベンチへと向かった。同じ捜査一課の瀬戸山《せとやま》という刑事が、そこに立っていた。

坂巻の先輩であり、峯の後輩にあたる瀬戸山は、坂巻には「おす」とぞんざいに手を上げ、峯には「おはようございます」と丁寧な挨拶をした。機嫌の良《よ》し悪《あ》しが露骨に態度に出るタイプで、宿直中に叩《たた》き起こされた現在は、どうやら機嫌が悪そうだ。

瀬戸山のそばにある木製のベンチでは、座面に黒い染みが広がっていた。生物の分泌物特有の生臭い嫌な臭いが、潮の香りをかき消している。

「ガイシャはここに倒れていました。第一発見者は早朝に犬の散歩をしていた爺《じい》さんです。最初は酔っ払って寝ているんだろうぐらいに思ったようですが、犬がやたらと興味を示すもんで近づいてみたところ、腹から血を流してるのに気づいて、慌てて通報したということです。遺体発見の経緯を考えると、犯行は深夜から未明にかけてでしょうね」

「身元は割れてるのか」

いつもは穏やかな峯の眼差《まなざ》しが、猟犬のような輝きを帯びる。

「ガイシャが所持していた財布に、運転免許証が入ってました。矢作猛《やはぎたけし》、四十五歳。住所は免許証だと、川崎市川崎区になっています。現在、身元確認に向かっているところです」

「死因は？」

「司法解剖の結果を待たないと断言はできませんが、遺体の腹部には大小五か所の創傷が見られました。外傷性ショック死か、失血死あたりではないかと」

瀬戸山が見えない刃物を持ち、なにかを突き刺すような動きをする。

それからベンチのそばにある、芝生がえぐれて、土の部分が露出した窪《くぼ》みを指差した。そこには証拠を示すプレートが置かれている。

「正面から刺されたガイシャは、後ずさりながらこの窪みにつまずいて、背後に倒れ込んだと思われます。遺体には、ベンチの座面に後頭部を打ちつけたと思《おぼ》しき打撲痕もありました」

「ってことは、ガイシャの身長は一六五センチ前後ですか」

「なんだ。おまえ、もうホトケさんと対面したのか」

「いいえ。寮からここに直行したので。芝生の窪みと、ベンチの血痕の位置関係から考えると、そのぐらいかなと思うただけです」

瀬戸山がいまいましげに顔を歪《ゆが》め、峯が頼もしげに笑った。

「防犯カメラは?」

峯が周囲を見回した。

「いま調べていますが、ざっと見る限り、この場所自体を捉えたものはなさそうです」

「目撃者は見つかっとらんのですか」

坂巻が訊《き》くと、瀬戸山は乱暴な口調になった。

「それはこれからおまえが探すんだよ」

「まあ、そうなんすけど」

えへへ、と後頭部をかく。

「昼間ならともかく、終電後の犯行となると、目撃者探しも難航するだろうな。このあたりは街灯も少なくて夜はかなり暗くなるし、周囲には民家もない。夜中にこんなところを訪れるのは、夜景目当てのカップルぐらいだろうが……」

　峯が眉をひそめたのは、点在するほかのベンチとの距離が遠すぎると感じたからだろう。しかも現場となったこのベンチは、海の方角を向いていない。かりに犯行時刻、この公園にカップルがいたとしても、よほど大きな物音を立てない限りは注意を向けないだろうし、かりに注意を向けたとしても、この距離、そして夜の闇の中では、犯人の特徴などを視認できたか怪しいものだ。

「川崎在住のガイシャが、夜中にこんなところでなにをしていたんだ」

　峯が難しい顔で腕組みをする。

「ガイシャは財布を所持しとったとですよね。財布の中身は？」

　坂巻の質問に、瀬戸山はかぶりを振った。

「手つかずだ」

　物盗《ものと》りではない。だとしたら動機は怨恨か。

「そういえば、これは事件に関係あるのかわかりませんが……」

　瀬戸山がなにかを思い出したように、懐からスマートフォンを取り出した。指先で操作した後で、こちらに画面を見せる。

　坂巻と峯は画面を覗《のぞ》き込んだ。

「……鐘？」

坂巻が言い、峯が頷《うなず》く。

「そのようだな」

画面には、鐘をかたどったシルバーアクセサリーが表示されていた。

「鑑識が採取したものです。ちょうど芝生の、このあたりに落ちていたものだとか」

瀬戸山が指差したのは、遺体がベンチに仰向けになっていたと考えた場合の、足もとにあたる位置だった。

「ちょっと……もう一度、見せてもろてよかですか」

瀬戸山からスマートフォンを奪い取るようにして、坂巻は画面を凝視した。

銀色の表面に彫られているのは、天使だった。

二人の天使が微笑《ほほえ》み合いながら、空に向かって羽ばたく様子が、鮮やかに刻まれていた。

綺麗《きれい》だなと、坂巻は思った。

1st GEAR

1

サングラスをかけた丸顔の女が、身を乗り出すようにしながらこちらを見ていた。

本田木乃美《ほんだこのみ》は眉間に力をこめて、女を睨《にら》みつける。すると女も同じように睨み返してきた。木乃美が顔を近づけると女も顔を近づけ、木乃美が顎を引くと女も顎を引く。

「なに。なんか文句あるの。違反は違反なんだから、おとなしく従いなさい」

木乃美が声を発するのに合わせて、女の唇も動いた。

おかしい。そんなはずがない。

木乃美は鏡に顔を近づけ、左右に顔を動かす。

「いかがですか。お客さま」

膝上丈のワンピースを着た、茶髪の女性店員が声をかけてきた。

木乃美は横浜駅西口の、広大な地下街にいた。レディースファッションのセレクトショップの店先で、先ほどからサングラスを着けては外し、着けては外しを繰り返している。

「ちょっと聞きたいんですけど」

「はい。なんでしょう」

「この鏡、横長に見えるようにできてるんですか」

女性店員は貼りついたような営業スマイルの頰を、わずかに強張《こわば》らせた。

「いえ。そのようなことはないと……」

「そうですか。そうですよねえ」

それもそうだ。

あらためて鏡を覗き込む。

やっぱりおかしい。

「私、こんなに顔、丸かったっけ……」

もしかして、また太ったのかな。人差し指で頰の肉をぷにぷに押しながら暗い気持ちになりかけたとき、女性店員が言った。

「いまお客さまがお召しになっていた、そちらのサングラスはいかがですか。ホワイトのフレームがかわいくて、とってもお似合いだと思いますけど」

「本当ですか」

お世辞だとわかっていても、褒められると嬉《うれ》しい。

鏡に向かってキメ顔を作ってみる。

微妙だと思っていたけれど、言われてみれば似合ってるかも。

「白いフレームだと、主張が強すぎて合わせにくいんじゃないかって思われがちですけど、意外と合わせやすいんですよねえ。いまお召しのファッションにも、ぴったりだと思いますよ。お客さま、とってもお洒落《しゃれ》でいらっしゃいますね」

「そ、そうですか」

「ええ。そのロングカーディガンもすごくかわいい」

「ありがとうございます」

お尻まですっぽりと覆うタイプのロングカーディガンは、このところのお気に入りだ。ヒップラインを隠すことでぽっちゃり体型をカバーできると、ファッション誌に書いてあったのを読んで購入した。

買っちゃおうかな、このサングラス。

ちょっと有頂天になりかけた木乃美だったが、ぶるぶるとかぶりを振って、冷静さを取り戻す。

「だけど、違うんです。かわいいサングラスが欲しいんじゃないんです」

「どんなサングラスをお求めで？」

「強そうなの」

「っ……？」

女性店員は虚を突かれたような顔をした。

「強そうに見えるサングラスが欲しいんです。強面《こわもて》のおじさんが凄《すご》んできても、ぜんぜん負けない、みたいな、そんな感じの。仕事で使うんで」

「仕事？」

よほど驚いたのか、訊き返す声が裏返っていた。

「そうです。仕事です」

「失礼ですけど、どんなお仕事をなさっているのか、おうかがいしても？」

「白バイ隊員です」

さりげなく言うつもりが、つい自慢げになってしまった。

女性店員のつけまつげが、ぱちぱちと瞬《まばた》きする。

「白バイ隊員って、これですか？」

そう言って見えないハンドルを握り、スロットルを開く動きをした。

「そうです。これ」

木乃美も照れ笑いしながら同じジェスチャーを返す。

女性店員は不思議そうな目つきで、見えないスロットルを握る木乃美の手もとを見ていた。

「これ」

木乃美は首をかしげながら、もう一度、スロットルを開く動きをした。

それを合図に、女性店員の甲高い笑い声が店内に響き渡った。


階段をのぼって地上に出ながら、木乃美はしきりに首をひねった。

納得いかない。

白バイ隊員という木乃美の申告を、あの女性店員は最後まで冗談だと思っていたようだ。何度も本当だと主張したのだが信じてくれず、しまいには「ハロウィーンはまだ何か月も先ですよ」とあしらわれた。

「そんなに白バイ乗りに見えないかな」

白バイ隊員になってから、もう一年も経《た》つのに。

まあ、「強そうな」サングラスは手に入ったからいいけど。ティアドロップ型の、レンズの大きなサングラスだ。

ふいに猛烈な空腹感に襲われた。

気づけばもうお昼の二時過ぎだ。どうして休みの日は、時間の経過が速いのだろう。

ぼんやりしてはいられない。スマートフォンに地図を表示させた。あらかじめ横浜駅周辺のお洒落なカフェを調べて、ランチする店を決めておいた。

「ええと。ラウンドワンの前を通って、二つ目の角を……」

道順を確認しながら、ふと顔を上げる。

遠くにサイレンの音が聞こえた気がした。パトカーのものよりワントーン高いそれは、白バイの緊急走行サイレンだ。こちらに近づいてきている。

木乃美は地面を蹴り、音のするほうへと駆け出した。

サイレンはやはりこちらに向かっている。このあたりは木乃美の所属する神奈川県警第一交通機動隊の管轄だ。もしかしたら、みなとみらい分駐所A分隊の仲間かもしれない。

十メートルほど前方の県道一三号線を、獰猛《どうもう》なエンジン音とともに真っ青なスポーツカーが横切った。百キロ近く出ているだろうか。

そして一秒ほど置いて、スポーツカーが吐き出した排気ガスが白く煙る中を、白バイが横切った。

木乃美が県道一三号線脇の歩道に飛び出したときには、すでに白バイの後ろ姿は小さくなっていた。

豆粒ほどの大きさになった白バイを見送りながら、木乃美は小さく声援を送った。

「潤《じゅん》……頑張れ！」

ほんの一瞬だったが、木乃美の目は、しっかりと同僚の横顔を捉えていた。

2

川崎《かわさき》潤の運転するＣＢ１３００Ｐは、県道一三号線を南東に走っていた。

前方を走るのはホンダＮＳＸ。二人乗りのスポーツカーだ。

ただでさえ目立つ車種。その上、車体は鮮やかな青。ナンバーもしっかり視認している。かりにこの場は逃げおおせたとしても、完全に逃げ切ることなど不可能だ。ナンバーから持ち主はすぐに割れる。

なのになんで止まらない——？

そもそもが、二〇キロオーバーの速度超過だった。たいした違反でない、という言い方は適切でないかもしれないが、おとなしく従えば二点の減点で済む。ところがＮＳＸは、潤の制止を無視して逃亡を開始した。

その結果がこれだ。

速度超過五〇キロ超で十二点、信号無視で二点、指定場所一時不停止等で二点、追い越し違反で二点、安全運転義務違反で二点、警察官現場指示違反で二点。違反を重ねに重ねて、いまやかりに違反歴なしのゴールド免許でも免許取り消し、刑事罰すら考えられる。

いっそ危険な追跡をやめて後日連絡、あるいは家庭訪問というかたちを取るべきか。

だがなにかがおかしい。なにかが。

膨らみ続ける疑問が、潤を突き動かしていた。

ＮＳＸが交差点に進入する。

一瞬、左に鼻先を向けたかと思うと大きく膨らみながら右折。フェイントのつもりだろうが、潤にはいたずらに危険を招こうとしているようにしか見えない。ドライバーの技術レベルを超えた、危険なドライビングだ。

県道一三号線から東海道を西進し始めたNSXは、相鉄《そうてつ》本線西横浜駅近くでふたたび無茶な方向転換をし、東に進路を変えた。そして住宅街の細い道へと突っ込んでいく。

「くそっ……」

潤は舌打ちをしてサイレンを切った。ここからは道が細くなる。無理な追跡は危険だ。

路側帯にバイクを停止させた。片足を地面に下ろし、ステアリングを握ったまま目を閉じる。

そしてじっと耳を澄ました。

低く唸《うな》るようなNSXのエンジン音が遠ざかる。

速度はおそらく六〇キロ。音の方角からすると、現在はおそらく元《もと》久《く》保町《ぼちょう》のあたりを走行中。

NSXの所在にあたりをつけ、スロットルを開く。

しばらく走ってふたたび停車。先ほどと同じように耳を澄ました。

速度が四〇キロに落ちている。

三〇キロ……二〇……一〇……。

停車――。

逃げ切ったと高を括《くく》ったか。潤は不敵に微笑み、CB1300Pを発進させた。

NSXの現在地は、岩井《いわい》町のあたりのはず。

白バイ隊員としての潤の武器は、男性隊員顔負けの卓越したライディングテクニックと、すぐれた耳だ。潤はエンジン音を聞いただけで、その車両の走行速度はおろか、車種までも言い当ててしまう特技を持っていた。

岩井町の方向に走っていると、案の定、NSXのエンジン音が聞こえ始めた。ふたたび走り出したらしい。

潤はあえて距離を詰めずに、エンジン音を追った。

ときおり停車しては、標的の現在地を確認しながら進む。

このまま行けば、NSXは平戸桜木《ひらどさくらぎ》道路に出る。片側二車線の、比較的道幅の広い道路だ。そこで捕まえよう。

スロットルを開き、NSXのエンジン音との距離を詰める。

ほどなく、NSXの後ろ姿を捉えた。左ウィンカーを点滅させながら、平戸桜木道路に進入しようとしている。追手に気づく様子はない。

NSXに続いて左折するや、サイレンのスイッチを弾《はじ》いた。

「青のNSX。そろそろ観念しなさい」

拡声で呼びかける。

だがNSXは止まらない。

「NSX。左に寄せて止まりなさい」

無視された。

ステアリングを握り直す。

「ナンバー控えてるんだからね。逃げても無駄よ」

また追いかけっこの開始かと身構えたそのとき、NSXが左ウィンカーを点滅させ、速度を落とし始めた。路側帯に寄せて停止する。

おや――と、潤は違和感を覚えながらも、NSXの後方に停車した。

NSXがエンジンを切るのを確認して、バイクを降りる。

後続車に気をつけながら運転席に歩み寄る。ウィンドウはすでに下りていた。

運転席にいるのは、五十歳ぐらいの、髪の薄い痩せた男だった。ジャケットがずり落ちそうなほどのなで肩で、顔は不自然なほど白い。一瞬、なにかの病気だろうかと思ったが、そんなはずはない。病人にあんな運転はできない。

そして助手席では、若い男が腕組みをしてそっぽを向いていた。

「いったいどういうつもりなの。死ぬ気？　あなた一人が死ぬのは勝手だけど、あなたが事故を起こせば、関係ない人を巻き込んでしまう可能性もあるのよ！」

車内に顔を突っ込まんばかりの剣幕で叱責すると、運転席の男は怯《おび》えたように肩をすくめ、白い顔をさらに白くした。半開きになった唇から、なにやらかすれた声が漏れている。

「なに？　言いたいことがあるならはっきりして！」

鋭く睨みつける。

運転席の男は、勇気を振り絞るように言った。

「ご、ごめん、なさい……」

なにをいまさら。

潤はまじまじと運転席の男を観察した。

唇は小刻みに震え、瞳は潤んでいる。いまにも泣き出してしまいそうだ。

「この車は、あなたの？」

男はこくんこくんと頷いた後で、慌てて否定した。

「ち、違います。借り物です」

「借り物？」

どこの世界に、市場価格およそ二千万円のスポーツカーを貸してくれる人間が存在するというのか。

「とにかく免許証と車検証持って、降りて」

男は指示通りに車を降りた。先ほどまでの無軌道な暴走からは信じられない従順さだ。

白バイまで誘導する。

「何キロ出てたかわかる？」

ゆるゆるとかぶりを振るしぐさが返ってきた。

「自分で運転しておいて、何キロ出していたかもわからないの。ほら、ここを見て。この赤枠の中」

潤は速度計を指差した。

「一一五キロ。ずっと測定していたわけじゃないから、本当はもっと出てたところもある。ほかの違反との合わせ技で免許取り消し」

男は速度計のデジタル表示を確認し、悲しそうに目を伏せる。

「……すみませんでした」

「謝るぐらいなら最初から違反なんかしないで」

潤は白バイのサイドボックスから告知票・免許証保管証を取り出した。

行政処分には至らない軽微な、反則金の定められている違反に交付される交通反則告知書――通称青切符にたいして、今回のような悪質なケースに交付される告知票・免許証保管証は赤切符と呼ばれる。一発免停のレッドカードだ。

赤切符をバインダーに挟み、手招きをした。

「免許証と車検証、貸して」

男が差し出してくる証書類を受け取りながら、ふたたび違和感を覚えた。

男の手が震えていたのだ。

免許証によると、男の名前は細尾善久《ほそおよしひさ》といった。年齢は四十九歳。住所は東京都大田区《おおたく》になっている。免許証の色はゴールドだった。

「このライトスタッフ・コーポレーションってなに？　会社の車なの」

車検証に記載された所有者の名義を見て、潤は眉をひそめる。

「そうです」

「どんな会社なの」

会社名義でスポーツカーを所有するなんて。

「人材派遣……みたいなものでしょうか」

「人材派遣?」

「みたいなものです」

煮え切らない口ぶりに苛々《いらいら》させられるが、会社の業務内容なんてどうでもいい。

赤切符に必要事項を転記する。

「会社の車ってことは、同乗者は同僚?」

「同僚……といえば同僚、です」

「さっきからはっきりしないわね。なにかやましいことでもあるの。もしかして、お酒飲んでる?」

口もとに顔を近づけると、細尾が慌ただしく両手を振った。

「飲んでません! お酒を飲んで車を運転するなんて、そんな大それたこと……」

「なに言ってんの。じゅうぶん大それた違反してるじゃない」

「あ……そうでした」

しょんぼりと肩を落とす。

「で、同乗者の名前は？」

「言わないと、いけませんか」

上目遣いで気まずそうにされた。

やはりこの男、なにかおかしい。

「運転してたのは、本当にあなた？」

そういうことか。

絶句した細尾を見て確信する。この男は替え玉だ。

追跡中に、わずかながらＮＳＸが停車している時間があった。おそらくあのタイミングで、運転者と同乗者が入れ替わったのだろう。この細尾という、見るからに小心な男には、あれほどの無謀な運転はできない。

「あなたじゃないのね」

細尾は口をぱくぱくとさせるばかりだ。

「いいわよ。後はあの男に聞くから」

「違うんです！」

慌てて止めようとしてくる細尾を振り払い、ＮＳＸの助手席側の窓を叩いた。

ウィンドウが下りる。

さらさらの前髪をした、若い男だった。女のように整った顔立ちをしている。

「もう終わったの」

男はどこか小馬鹿にしたような笑みを湛《たた》えていた。

「あなたでしょう」

「は？」

「あなたでしょう。五〇キロオーバー、信号無視、一時不停止、追い越し違反。交通違反の見本市は、あなたの仕業でしょう」

「違うよ。なに言ってんの。なんで？　細尾は自分がやったって言ったんでしょう」

男が窓から顔を出し、後方で立ち尽くす細尾を振り返る。

潤はその視界を遮るように、ＮＳＸのボディーに手をついた。

「誰がどう言ったかは関係ない。私はあんたに訊いてる」

男は気圧《けお》されたように顎を引いたものの、低い声で凄んでくる。

「なんだよ、その態度は。善良な市民に、そういう口の利き方はないんじゃないか」

「あんたは善良な市民とは言えない。たくさんの市民の生命を危険にさらすような運転をした、不良ドライバーだ」

「決めつけんな。ドライバーは細尾だって言ってんだろ」

「あの男にあんな無茶苦茶な運転はできない」

しばし睨み合いが続いた。

「免許持って車を降りて」

「嫌だね。おれはなにもやってない。なんで車降りなきゃいけないんだ」

「あんたが違反した」

「だからなんでそんなことになるんだよ。細尾がやったって認めてるんだろう」

「あんたが言わせてる」

「言わせてねえよ」男は細尾に呼びかける。

「なあ、細尾。運転してたのはおまえだよな。おれが無理やりなにかをさせたとか、言わせたとか、そういうのないよな」

「あ、ありません！」

両手を身体《からだ》の前で重ねた細尾が、小刻みに頷く。

「な。さっさとあいつに切符切ってよ」

ほら早くしてと、手で追い払うようにされた。

潤は細尾に歩み寄り、訊いた。

「本当にあんたが違反したの」

「はい」消え入りそうな声だった。

「後で嘘《うそ》だとわかったら、ただじゃ済まないよ。犯人隠避罪だ。場合によっては懲役刑もありうる」

はっと顔を上げる。

「いいの？」

すっかり色を失った様子だったが、それでも壁を壊すには至らなかった。

「かまいません」

「なんでそこまでしてかばう必要があるの。あいつとはどういう関係なの」

同僚と言っていたが、細尾のほうが明らかに年上だ。社内での立場は、若い男のほうが上なのだろう。若い男は細尾を苗字《みょうじ》で呼び捨てにしており、強固な上下関係の存在をうかがわせる。だが、いくら上司と部下の関係といえども、交通違反の替え玉になってくれと頼まれて、承諾するだろうか。

「お願いします。早く切符を切ってください」

細尾は潤の質問に答えることなく、深々と頭を下げた。

「……わかった」

若い男が運転しているところをはっきり目視したならば話は別だが、結局のところ、細尾が替え玉というのも潤の推測に過ぎず、これ以上追及する材料もない。

赤切符の記入作業に戻った。

するとふいに、ポケットの中でスマートフォンが振動した。

潤の所属するみなとみらい分駐所A分隊の同僚・本田木乃美からのメッセージだった。同じ年齢の木乃美は、警察官としては潤の一年先輩、白バイ隊員としては潤の二年後輩にあたる。

あの子、今日は週休日だったはずだけど。

そう思いつつ内容を確認した潤は、驚きに目を見開いた。

――お疲れ！　緊急走行してるとこ見かけたよ。潤が追いかけてたの、成瀬博己《なるせひろき》じゃない？　興奮のあまりメッセージ送っちゃった！　それじゃ、仕事頑張ってね。

急いで木乃美に電話をかけた。

数度の呼び出し音の後、聞き慣れたソプラノヴォイスが応答した。

「はーい。もしもし」

「あ、木乃美。いま大丈夫？」

「うん。女子力向上キャンペーン中だけど平気」

「なにそれ」

「言わなかったっけ？　この前、口の周りにうっすら髭《ひげ》が生えてることに気づいたの。考えてみたら、私たちの仕事って、ただでさえ男性ホルモンが過剰分泌されてそうじゃない。だから休みの日に女子力を向上させるようなことをして、女性ホルモンを補おうという作戦」

「どうやって？」

「いまやってるのはカフェ巡り。女子っぽいでしょ？」

呑気《のんき》なものだ。もっとも、週休日になにをしようと勝手だが。

「あ。今度の非番日のツーリングの予定は忘れてないからね」

「ツーリングは女子っぽくないんじゃないか」

「そうかな。『ルパン三世』の峰不二子《みねふじこ》はバイク乗ってるけど、色っぽいよ」

「あれはマンガだろう」

苦笑した。

現役白バイ隊員なのにプライベートでバイクを所有していなかった木乃美が、最近ようやくバイクを購入した。以来、ツーリングに行こうとしつこく誘ってくる。

「ところでちょっと聞きたいんだけど、いまくれたメッセージの件」

「そうそう。成瀬博己。びっくりした」

木乃美の口調が急に世間話好きなおばさんのようになる。

「成瀬博己って誰？」

その名前に反応して、細尾の息を呑む気配がした。

「え。知らないの？　いますごい人気の俳優だよ。若手では一番なんじゃないかな。テレビとか映画とか、たくさん出てる」

「私、そういうのぜんぜん見ないから」

「まあ、潤はそうだろうね。バイクが恋人だもんね」

けらけら笑う木乃美に「うるさいよ」と突っ込んでから、話を進める。

「それで、私が緊急走行しているとこ、見たの」

「うん。横浜駅の近くで。一瞬だったけど」

「見たことを教えてくれない？」

なぜそんなことを、と不思議に思った様子だったが、木乃美は素直に答えた。

「青いスポーツカーを追尾してた。後部座席がなくて、二人乗りのやつ。横から見ただけなんで、ナンバーは見えてない。ごめん」

「ナンバーは大丈夫。ドライバーは？」

「成瀬博己でしょ？　助手席に禿《は》げたおじさんが乗ってたけど」

「それ逆じゃない？　成瀬博己が助手席だったんじゃないの」

「そんなことないよ」

　木乃美は自信たっぷりに笑った。

「だって禿げたおじさん。ドアの上のアシストグリップを、両手でしっかり握ってたもん。だいぶスピード出てたみたいだから、怖かったんだろうね。で、成瀬博己、どうだったの？　あれだけ派手に交通違反して捕まったら、ヤフーニュースとかに出るのかな」

　完璧だ——潤は視界がぱっと開けるのを感じた。

　それにしても、一瞬だったと言いながら、時速一〇〇キロ超で走行する車をここまでしっかり観察できているとは。相変わらず恐ろしい動体視力だ。

「ありがとう。もしかしたらまたなにかお願いするかもしれないから、電話に出られるようにしといてくれないかな」

電話を切り、NSXの助手席側に戻った。

「あんた、有名な俳優なの」

「なんだ。気づいちゃったの」

成瀬は身元が明かされてしまった気まずさ半分、やっと気づいてもらえた嬉しさ半分といった、複雑な表情を浮かべた。

「私は名前聞いてもわからない。テレビとか見ないし。でも私の同僚が、あんたのこと知ってた。けっこう人気あるんだって?」

「けっこう……っていうか」

それ以上だよ、とでも言わんばかりの表情だ。

「あの人はマネージャーかなにか?」

細尾を目で示すと、成瀬は頷いた。

「そうだよ。おい、細尾。この前来てた映画の話、あれどうなったんだよ」

「決まりました」

「決まったらちゃんとSNSで告知しろって、いつも言ってんだろう。なにやってんだよ」

「すみません」

「ったく、なんのためにパスワード教えてると思ってんだ。ほんと使えない男だな」

成瀬がうんざりした様子で吐き捨てる。

タレントにこれだけの横暴を許しているのなら、交通違反の替え玉になれと命令されても、マネージャーは従うしかないだろう。

「私の同僚が、たまたま見かけたんだって。さっきの追っかけっこの途中で、あんたがＮＳＸのハンドルを握ってるところを」

面倒くさそうにあくびをしていた成瀬が、はっとこちらを向いた。

「嘘だ！」

「嘘じゃない。なんならこれから呼び寄せて、この場で証言させてもいいけど。私と違ってけっこうミーハーな女の子だから、あんたに会えるとなったら喜んで飛んでくるでしょうね」

スマートフォンを見せつけながら微笑を向けると、成瀬の表情が固まった。

「どうする。呼ぶの？　呼ばないの？」

「や、役作りだったんだよ」

「は？」

潤は顔を歪めた。

「だから、役作りだったんだよ。こんどクランクインする映画で、そういう役があるんだ」

「そういう役って、スポーツカーで交通ルールを無視する役？」

ハリウッド映画にそういうのがあった気もするが。

「社会のルールを無視して生きる、アウトローの役さ。やっぱりアウトローの気持ちを理解するには、アウトローにならないといけないって、細尾が言うんだ。ちょうど事務所の社長が税金対策で買って、あまり乗っていないスポーツカーがあるし、たまにはエンジンかけないとかかりにくくなるからドライブしようって、細尾が言うからさ。最初に白バイに止まりなさいって言われたときも、おれは止まろうとしたんだ。だけど、大事な商品をキズ物にするわけにはいかないから、自分が身代わりになるって、細尾がね。おれはまずいんじゃないかって言ったんだ。だけど細尾が、この経験を役作りに活《い》かしてくださいって言うから……」

支離滅裂でさっぱり理解できないが、責任転嫁したい気持ちだけは伝わってくる。

「役作りとか税金対策とかは知ったこっちゃないけど、違反については認めるのね」

「細尾が――」

なおも言い訳しようとするのを、語調を強めて遮った。

「『はい』か『いいえ』で答えて」

「……はい」

「免許証持って車降りて」

ようやく車から引きずり出すことに成功した。

だが潤が手続きをする間にも、しつこく食い下がってくる。

「いまおれが出演しているドラマ、たぶん知ってると思うけど――」

「知らない。免許証ちょうだい」

問答無用で免許証を受け取り、赤切符に必要事項を転記する。

「もしよかったら、スタジオ見学なんかも手配できるよ。そうそうたるキャストだから、きっと友達にも自慢できると思う。こんな貴重な機会は、なかなかないだろうな」

そう言った後で成瀬が指折り挙げる名前は、本人いわくの「そうそうたるキャスト」の顔ぶれなのだろう。だがふだんテレビを見ることのない潤には、まったくぴんとこない。一人、二人、聞いたことのある名前が交じっているな、という程度だ。

それすらも名前と顔が一致するレベルではない。

ボールペンを動かす手を止め、潤は成瀬を睨んだ。

「もしかして、私のこと買収しようとしてるの」

「え。いや、そういうわけじゃ……」

成瀬が表情を強張らせる。

「若い女はみんな自分をちやほやしてくれるとでも思ってるの。過ちを犯しても、人気俳優とやらの知名度で揉《も》み消してもらえるとでも？」

潤が詰め寄り、成瀬は両手を見せて仰《の》け反《ぞ》る。

「とにかく……サインちょうだい」

何度か瞬きをした成瀬が、にっこりと笑顔になる。

「もちろん。お安い御用だよ。色紙とかないけど大丈夫？　買ってこさせようか」

「馬鹿。調子に乗ってんなよ」

潤は赤切符の署名欄を指差した。

「ここ。ここにサイン。不良ドライバー」

「あ、ああ……」

コマーシャルに出てきそうな爽やかな笑顔が、ぎこちなく歪んだ。

そのとき、警察無線を通じて仲間の声が聞こえた。

『こちら交機七三。職質しようとしたところ、逃走した二輪車を追跡中。当該車両は瀬谷《せや》駅近くの県道四〇号線を厚木《あつぎ》方面へと西進中。車種はアプリリアＲＳ２５０。色は黒。付近にＰＣいましたら応援願いたい。どうぞ』

交機七三はＡ分隊の先輩・元口航生《もとぐちこうき》のコールサインだった。小柄ながらがっしりとした身体つきの指先までエネルギーが詰まったような、Ａ分隊のムードメーカーだ。

『神奈川本部了解。傍受の通り。付近最寄《もよ》りのＰＣにあっては、交機七三に集中運用のこと。以上、神奈川本部』

本部からの応答に続いて、ほどなく梶政和《かじまさかず》の声がする。

『交機七二から交機七三。向かいます。しょうがないな。単車一台に手こずりやがって』

梶も同じくＡ分隊の先輩隊員だ。穏やかな性格のせいで普段は二歳年下の元口から玩具《おもちゃ》にされているが、ひとたびシートを跨《また》げば、たしかな技術に裏付けされた攻めのライディングで違反者を追い詰める。

『交機七三から交機七二。梶さんが暇そうだからわざわざ呼んであげたんでしょうが』

『おまえも素直じゃないね。おれと一緒に走りたいなら、そういえばいいのに』

『一緒に走るなら、梶さんよりは若い女の子がいいっすね。足首がきゅっと締まってて、胸の大きな子』

『交機七二から神奈川本部。いまの交信の録音、後でください。元口の奥さんに聞かせるんで』

いつもながらの軽口の応酬に、潤はあきれつつ笑った。

同時に、元口と梶という二人の猛者《もさ》によって追われる身となったRS250のライダーを、心から気の毒に思った。

3

木乃美は路肩に停車したホンダ・オデッセイに歩み寄った。

「おはようございます」

「なんですか。急いでいるんですけど」

ハンドルを握るのは、三十代ぐらいの女性だった。鋭く尖《とが》った眉尻から、性格のきつさが滲《にじ》み出ている。

助手席には女と同じ年代ぐらいの男。後部座席には五、六十代ぐらいの男女、チャイルドシートには赤ん坊も座っている。家族旅行といった雰囲気だ。

「運転手さん。いま、スマートフォンを操作しながら運転なさってましたね」

木乃美は午前の取り締まりに出ていた。白バイによるパトロールは一回につき二時間半。午前と午後の二回に分けて行われる。

みなとみらい分駐所を出た木乃美は、綱島《つなしま》街道を北上して横浜市から川崎市に入り、武蔵小杉《むさしこすぎ》からは府中《ふちゅう》街道に乗って川崎駅方面へと向かった。その途中で、対向車線を走るオデッセイのドライバーがスマートフォンを操作しているのが見えた。ちらりと画面を確認するだけではなく、指先がせわしなく動いてメールかなにかを打っているようだった。

木乃美はすかさず小道路旋回でUターンし、追尾を開始したのだった。

「スマホなんかやってないわよ」

ねえ、と助手席の男に同意を求める。

男は自分の意思で頷いたというより、女に頷かされた、という感じだった。

「車を運転しながらのスマートフォンは、とても危険です。時速三〇キロで走行していたとしても、ほんの一秒目を離しただけで車は八メートルも進みます。小さなお子さんもいらっしゃるようですし、安全に気をつけて――」

「うるさいわね！　そんなことあなたに言われなくてもわかってるわよ！」

いきなり怒鳴りつけられ、両肩が跳ねた。

「おい、いづみ。そんな怒鳴らなくても……」

たしなめようとした助手席の男だったが、「あなたは黙ってて」とあっけなく退けられる。

「スマホなんかやってないって言ってるでしょう！　えらそうにお説教しないでよ！」

「モノグラム」

木乃美がぽつりと発したその言葉に、女の顔色が変わった。

「ヴィトンのスマホカバーをお使いじゃありませんか。モノグラムが見えたんです」

「つ、使ってないわよ。ヴィトンなんて」

だが、見えていないほうの手がもぞもぞと動いている。スマートフォンを隠しているのだろう。

「この目で見たんです」

「み、見間違いじゃないの」

「それじゃ、スマホを見せていただけませんか」

「なんでよ！　そんな義務ないでしょう」

そのとき、後部座席にいた男がシートの間から顔を覗かせた。

「いづみ。もういいじゃないか」

「だってお父さん……」

「お母さんもさっきから言ってただろう。運転しながらメールなんか打ったら危ないからやめなさいって」

「急ぎのメールなの！　私がいなくちゃ、仕事が回らないの！」

「メールを返すなとは言ってない。車を止めてメールすればいいだけの話だ」

正論を吐く運転者の父親らしき男の顔に、木乃美はふと目を留めた。白髪交じりの角刈りに、浅黒い顔。どこかで見た気がする。

「相川《あいかわ》さん……？」

浅黒い顔がこちらを向く。

「相川さんですよね」

木乃美がサングラスを外してみせると、角刈りの男――相川が大きく目を見開いた。

「ああ！　あのときのお姉ちゃんじゃないか！」

「お久しぶりです。お元気でしたか」

「おかげさまで元気元気。あのとき生まれた赤ん坊もほら、いまこんなに大きくなってるんだ」

相川が示したチャイルドシートでは、丸々とした乳児が眠っている。

相川が家族に説明する。

「前に話したろう。いづみが産気づいたときに、白バイが病院まで先導してくれたって」

「ああ。あの話ですか」

助手席の男が笑顔になった。相川の隣では相川の妻らしき女も、嬉しそうに相槌《あいづち》を打っている。

運転席のいづみだけが、おもしろくなさそうに唇を歪めていた。

「ええと、本田さん……だったっけ」

「本田木乃美です。覚えていてくれたんですか」

「そうだそうだ。木乃美ちゃんだ。忘れないよ。恩人だもの。あのときは本当に世話になった」

以前、相川をスピード違反で取り締まったことがある。相川は娘の出産で病院に向かう途中で、焦りのあまり速度超過を犯してしまったのだ。木乃美は病院まで相川の車を先導した上で、青切符の交付を行ったのだった。

「今日はご家族でお出かけですか」

「そうなんだ。娘婿が温泉旅行をプレゼントしてくれるっていうからさ」

「いいですね。うらやましい」

「そうだろう？　木乃美ちゃんも親孝行しないとな。いやしかし、最初ぜんぜんわからなかったよ。大門《だいもん》警部みたいなサングラスしてっからさ」

「大門警部？」

「うん。『西部警察』の大門警部。渡哲也《わたりてつや》がやってたやつ。なんだ。あれを意識してたんじゃないのか。そうだよな、昔のドラマだもんな」

「わからないです。ごめんなさい」

困ったように笑うと、いづみが不機嫌そうに鼻を鳴らした。

「もう行っていい？」

「いや。それは……」

するると、相川が味方してくれた。

「いづみ！　違反しといてなに言ってんだ！　往生際の悪いことやってないで、おとなしく切符もらって来い！」

父親に叱り飛ばされたいづみは、不承ぶしょうといった様子ではあったが、その後は素直に青切符の交付を受けた。

手続きを終え、いづみが運転席に乗り込んで乱暴に扉を閉める。

「安全運転でお願いしますね」

いづみには無視されたが、相川に労《ねぎら》われた。

「大変だよね、木乃美ちゃんもさ、こんなふうに反抗的なドライバーばっか相手にして」

「うるさいわね！　行くわよ」

いづみがギアをドライブに入れる。

「それじゃ、木乃美ちゃん。頑張ってな」

手を振る相川を、木乃美は敬礼で見送った。

4

木乃美が事務所の扉を開くや、自席でスポーツ新聞を広げていた山羽《やまは》に首をかしげられた。

「戻りました」

「どうした。なんかいいことあったか」

「さすが班長。部下をよく見てますね」

山羽公二朗《こうじろう》。A分隊を現場で統率する班長の職にある。運転技術にすぐれた猛者揃《ぞろ》いのA分隊にあってもその腕前は飛び抜けており、全国白バイ安全運転競技大会へ神奈川県警代表として出場した経験や、箱根《はこね》駅伝を先導した経験もある。ひそかに木乃美が目標とする存在だ。

「別によく見ないでもわかる。そんなデレデレした、だらしのない顔してたらな。締まりがないのは体型だけにしとけ」

そう言って鼻毛を抜く。

一部訂正。人柄以外は、目標とする存在だ。

「どんないいことがあったの」

隊員の島から一台だけ離れたデスクで顔を上げたのは、分隊長の吉村賢次《よしむらけんじ》巡査部長だ。当直勤務が基本の交通機動隊だが、分隊長は日勤職だ。現場に出ることはなく、A分隊の留守を預かる。

「以前に青切符を交付した違反者と、再会したんです。で、そのときのことを感謝されて」

「それはよかった。頑張っていればいいことがあるものだね」

「はい！」

勢いよく頷いてから、ふと思い出した。

「そういえば、大門警部ってご存じですか」

吉村と山羽に訊いたつもりだったが、デスクで黙々と作業をしていた潤がぷっと噴き出すのを、視界の端に捉えた。

「潤。知ってるの」

「知ってるよ。『西部警察』だろ。ドラマ自体を見たことはないけど。もしかしてあのグラサンについて、ドライバーからなにか言われたの」

「『西部警察』の大門警部みたいなサングラスだ……って」

すると潤は堪《こら》えきれなくなったように、両手を顔で覆い、肩を震わせ始めた。

「『西部警察』か。懐かしいなあ。舘《たち》ひろしの乗ってるバイクが格好良くてね、憧れたもんだ」

吉村がしみじみとした口調になる。

「スズキのカタナですね。真っ黒にペイントされたやつ」

「あれ。山羽、『西部警察』見てたの。世代的にリアルタイムじゃないよね」

「DVDで見ました。親父《おやじ》が好きだったんですよ」

「そうなの。いまや親父さんが『西部警察』見てた世代が、現場の最前線に立ってるのかあ」

「梶さんと元口さんは」

木乃美は潤に訊いた。

「まだ戻ってない。今日は遠くまで出向いてるからね」

「どこだっけ」

「平塚《ひらつか》」

「そっか」

それなら片道小一時間はかかる。

「それにしても、あの二人から逃げ切るなんてすごいよね」

「正直、私もちょっとびっくりした。元口さんの応援要請に梶さんが応じたのを聞いたときには、自業自得とはいえ、あの二人に追われる違反者を気の毒に思ったのにさ。まさか取り逃がすなんて」

潤はいまでも信じられないという感じの口ぶりだ。

「追跡中にそこらへんを歩いてる美人の姉ちゃんにでも、気を取られたんじゃないか。逃げた単車の車種はなんだっけ」

山羽が会話に参加してくる。

「RS250です」

潤が答えた。

「ほおっ。そりゃまた扱いの難しいじゃじゃ馬だな。並のライダーなら、RS250なんかで公道をぶっ飛ばしたら、一発でずっこけてお陀仏《だぶつ》だろう。それで二人の白バイ隊員から逃げ切ったとなると、相当な腕前だぞ。おれが相手したかったぐらいだ」

木乃美が週休だった一昨日、梶と元口は違反者を取り逃がしてしまったらしい。最初は元口が職務質問しようとしただけだったが、RS250は停止を求める元口の指示に従わず、加速して逃げ出したという。途中からは梶も加わって二人がかりで追跡したにもかかわらず、見失ってしまったという話だった。ただナンバーは記憶していたので、所有者を割り出すことはできたらしく、二人はいま、その所有者を訪ねている。

「そういえば木乃美、一昨日はありがとう」

潤がなんの話をしているのか少し考えたが、あのことかと思い出す。

「やっぱりニュースになってたね」

成瀬博己の話だ。ヤフーニュースどころか、地上波のニュース番組で大々的に報じられていた。

「あいつ、そんなに有名だったんだ」

「有名もなにも、すごい人気だよ。潤、気をつけたほうがいいよ」

「どうして」

「だって潤が捕まえたのが原因で、成瀬博己はしばらく芸能活動を自粛することになったじゃない。ファンの子たちから逆恨みされるかもしれないよ」

「そんなもの知ったこっちゃない。活動自粛が嫌なら、最初から違反なんかするなって話さ。だいたい自分が違反しておいて、マネージャーに罪をなすりつけるような性根の腐ったやつ、応援する価値もないと思うけどね。ファンってのは、いったいあのへなちょこのどこを見て好きになってるのやら」

顔――とも素直に言い出せない舌鋒《ぜっぽう》の鋭さだ。成瀬博己の写真集を持っていることは、言わないでおこう。

「容赦ないな。川崎にかかれば、いまが旬のイケメン俳優も形無しだ」

山羽がひやかすように唇をすぼめる。

「ちょっと顔が整ってるだけで、中身のない馬鹿ですよ、あんなの」

「怖い怖い。鉄の女だ」

「こぶしも鉄みたいに硬いって言われますけど、班長の顔で試してみますか」

ぱしん、と潤が手の平をこぶしで打つ音に、山羽が震え上がる真似《まね》をした。

「おいおい。おれは文字通りA分隊の顔だぞ。キズ物にするなよ」

「潤はさ、中学生とか高校生のとき、好きなアイドルとかいなかったの？」

木乃美の質問には、眉間に皺《しわ》を寄せる表情が返ってきた。

「なにそれ」

「ふと思ったの。タレントやアイドルに夢中になるのって、思春期の通過儀礼みたいなものじゃない。潤にはそういうの、なかったのかなって」

「ない」

「ぜんぜん？　まったく？」

勢いよく手を振って否定された。

「ありえないっての。細っちろいナヨナヨした顔だけの男なんて、私にはぜんぜん格好いいと思えない」

「川崎はたぶん、アイドル系よりおれみたいな男らしいタイプが好みなんだ」

「班長もナシですけどね」

潤が冷たく言い放ったところで、事務所の扉が開いた。

「腹減ったー」

元口と梶が連れ立って入ってくる。

「おかえりなさい。どうでしたか」

木乃美は訊いた。

椅子にすとんと腰を落としながら、元口が顔を左右に振る。

「駄目だ。空振り」

「例のＲＳ２５０がつけていたのは、偽造ナンバーだったらしい」

梶は苦笑交じりに言った。

「登録されてた所有者の家を訪ねてみたら、出てきたのは松葉杖《まつばづえ》ついたおっさんでさ。建築関係の仕事をしているらしいが、骨折して先週から仕事を休んでるとさ」

元口がふてくされたような顔をしながら、短い首をすくめる。

「本当に骨折していたんですか」

潤が疑わしげに目を細めた。骨折を装って、アリバイ工作を図ったのではないかと考えたのだろう。木乃美もまずその可能性を考えた。

答えたのは梶だった。

「カミさんと子供二人と同居して、実際に仕事も休んでるって言うんだから、さすがに嘘ってことはないだろう」

「登録車両は？」

山羽が眉をひそめて訊いた。

「見せてもらいました。もう長いこと乗っていないとかで、ガレージの隅で埃《ほこり》かぶってました。RS250には違いないけど、一昨日見たのとは色が違う」

元口が同意を求めるように梶を見て、梶が頷く。

「一昨日のRS250は黒だったけど、さっき見たのは赤だった」

「急いで色を塗り替えたとか――」

木乃美の思いつきは、元口に笑い飛ばされた。

「出来の悪いミステリー小説かよ。言っただろ。今日見てきたＲＳ２５０は、全体にうっすら埃をかぶってたんだ。二日あれば色を塗り替えるのは可能かもしれないが、あんなふうに埃を積もらせるのは、いくらなんでも無理だ」

「いちおう登録名義人に確認してみましたが、誰かに単車を貸し出したりもしていないようです。ナンバーの偽造についても、心当たりはないと」

梶の報告を受けて、山羽は後頭部で手を重ねた。

「これ以上の追跡は不可能……ってことか」

「白バイ二台を手玉に取って、なおかつその後の尻尾《しっぽ》も摑《つか》ませることなく消えるとは、まるで幽霊みたいだなあ」

吉村は感心したような口ぶりだ。

「本当に幽霊だったら、逃げられたのもやむなしって思えますけどね」

元口が自分のこぶしを睨みつける。違反者にまんまと逃げられたことが、悔しくてたまらないといった様子だ。

「まあ、今回はしょうがないさ。今後のために、いちおう車両の特徴とナンバーを全員で共有しておこう」

山羽が話を締めくくる。

梶がなだめるように、元口の肩に手を置いた。

「引きずってもしょうがない。とりあえずメシにしよう」

するとその声に誘われるように、坂巻が入ってきた。大卒のため木乃美より四つ年上だが、木乃美とは警察学校の同期だ。県警本部捜査一課に所属している。

「お疲れさまでーす」

「部長。どうしたの」

木乃美のいう「部長」は、同期の間での坂巻のあだ名だった。警察学校時代から、訓練生よりも教官と並んだほうが違和感のない風貌をしていたので、そう呼ばれるようになった。

「外を歩きよったら、メシにしようっていう声が聞こえたけん、おれもお相伴にあずかろうと思うてな」

「おまえが言うと冗談に聞こえないな」

山羽が苦笑する。

「そう言いますけどね、これでも最近ダイエットして、三キロも痩せたとですよ」

「え。なにそれ！　なんで勝手にダイエットなんかしてるの」

木乃美は思わず立ち上がった。

「なんでおまえに断り入れなきゃいかんとや」

「だって、抜け駆けして一人だけ痩せるとかずるくない？」

すると元口が笑った。

「なんで本田は、坂巻と張り合ってんだ」

「たしかに。坂巻が太ろうが痩せようが、おまえがモテるかどうかには関係ないじゃないか」

梶もあきれ顔だ。

「それはそうなんですけど……」

無性に悔しい。

「メシ食いに来たのが冗談だって言うんなら、なんの用だ。まさかまたキャバクラのお姉ちゃんの違反を揉み消してくれって、頼みに来たんじゃないだろうな」

山羽に意地悪な横目を向けられ、坂巻はむっと唇をへの字にした。

「キャバクラのお姉ちゃんじゃなくて、合コンで知り合っていい感じになったお姉ちゃんです」

訂正するのはそこか。

「今日はれっきとした、殺人事件の捜査協力要請にまいりました」

「殺人事件って、もしかしてあれか。赤レンガ倉庫の近くの」

梶が坂巻を指差した。

「そうです。川崎市在住の男が、刺殺体で発見された事件です」

「現場はここからかなり近いもんな」

元口の言う通り、みなとみらい分駐所から遺体の発見現場までは一キロと離れていない。県警本部からはそれ以上に近く、お膝元とも言える場所で発生した殺人事件を解決するため、捜査本部は躍起になっているという話だった。

「そういう地理的な条件が理由ではなく、今回は皆さんをバイク乗りと見込んで、お願いしに来たとです」

「どういうことだ」

山羽が椅子ごと坂巻を向いた。

「皆さんはガーディアン・ベルってご存じですか」

「もちろん」と声に出したのは元口だけだが、A分隊のメンバーは全員がわかっている雰囲気だった。

木乃美が周囲をきょろきょろとうかがっていると、坂巻があきれたように長い息を吐いた。

「本田ぁ……」

「な、なによ」

「ガーディアン・ベルっていうのは、簡単に言うとお守りだよ。バイカーにとってのお守り」

潤が説明してくれる。

「知らないとは言ってないじゃない」

「なら知っとったのか」

坂巻に追及の眼差《まなざ》しを向けられ、うつむいた。

「……知らなかった」

「ほら」

「それで、ガーディアン・ベルがどうしたんですか」

潤が話の筋を戻す。

「皆さんにこれを見て欲しいとです」

坂巻が懐からL判の写真を取り出し、一人ひとりに配る。

木乃美は受け取った写真を見た。

鐘をかたどったシルバーアクセサリーが写っていた。鐘の表面には、二人の天使が彫られている。

「これが、ガーディアン・ベル？」

「そうだ。現場に落ちとった。被害者か加害者、どちらかの持ち物じゃないかと思われる。被害者はバイクを所有しておらず、そもそも二輪免許すら持ってもおらんかったことを考えると、加害者の持ち物の可能性が高いんじゃないかというのが、捜査本部の見解だ」

「これは、見たところ既製品じゃないな。かなり細かい細工が施されている。腕のいい職人が、手間暇かけた仕事だ」

山羽が写真をデスクに置き、人差し指でぽんぽんと叩いた。

「そうなんです。山羽巡査長のおっしゃる通り、どうやらこのガーディアン・ベルは、オーダーメイドで作られた、世界に一つしかない代物らしかとです。だけん、このガーディアン・ベルの持ち主を特定することで、ホシにかなり近づけるんじゃないかと、我々は考えとります」

「それで、このガーディアン・ベルを作った職人を特定するのに、おれたちの力を借りたいっていうわけか」

梶がふむふむ、という感じに自分の顎を触る。

「そういうわけです。ぜひとも皆さんのお力を、お貸しいただけんでしょうか」

坂巻が期待を込めた眼差しで一同の顔を見る。

「力になってやりたいのは山々だが、このガーディアン・ベルってのはそもそもアメリカ発の風習で、ハーレーみたいなアメリカンバイク乗りの間で流行《はや》ったものだからな」

元口が顔をしかめ、梶も同意する。

「おれら白バイ乗りはアメリカンより、ツアラーやスポーツ派が多いからな。もちろんアメリカンバイク乗りしかガーディアン・ベルを持たないってことはないから、スポーツバイク乗りでも詳しいやつはいたりするんだろうが、少なくとも、おれにはよくわからない」

「川崎はどうなんだ」

山羽が潤を顎でしゃくった。

「私、ですか」

「心当たりはないか。ガーディアン・ベルに詳しい人物とか」

「ないです。アメリカンバイク乗りは、知り合いにもいませんし」

「そうか。本田は……」

「ないです」と返事を用意していたのに、「訊くだけ無駄か」といなされて、ずっこける。

「そうですか。もしかしたら、なにか有力な情報がえられるかと期待したとですが、バイカーにもいろいろあるとですね」

「すまない」

山羽が手刀を立てる。

「いえ。こちらこそお忙しいところお邪魔しました。写真は差し上げますんで、頭の隅にでも留《とど》めておいてもろうてよかですか。もしお知り合いとかで、そういうのに詳しい人がいらっしゃったら、教えて欲しいです」

お邪魔しました、と頭を下げて出て行く坂巻の後ろ姿は、いつもより少しだけ猫背気味だった。

5

「どうした」

ふいに隣から声がして、木乃美ははっとなった。

助手席の山羽はシートに身体を預け、目を閉じたままだ。

「起きてたんですか。驚かせないでください」

「驚かせるつもりはない。おまえがちょっとしたことで驚き過ぎるだけだ」

山羽は首を左右に傾け、両腕を上げてううんと大きな伸びをした。

前方の闇に浮かぶ青い光が、黄色になり、赤に変わる。木乃美はブレーキを踏み込み、覆面パトカーを停車させた。

深夜のパトロール中だった。二十四時間の当直勤務のうち、白バイ隊員が白バイに乗るのは日中だけだ。日が落ちてからは、覆面パトカーでのパトロールが仕事の中心になる。

「おまえは、他人の心配している余裕なんかないだろ」

山羽がシートに座り直しながら言う。

「なんですか、いきなり」

「気になってるんだろ、川崎のこと」

図星だった。

坂巻が配ったガーディアン・ベルの写真を手にした瞬間、潤の顔色が明らかに変わった。その後も平静を装っているが、どこか心ここにあらずという感じに見える。潤の様子が変なのも、それを察した木乃美が気を揉んでいるのも、山羽はお見通しだったらしい。

——川崎はどうなんだ。

そういえばあのとき、山羽は潤に話を振っていた。潤の異変に気づいたからだったのか。

「潤はなにか、隠しているんでしょうか」

「隠しているんじゃなくて、話してないことがあるだけだろう」

「一緒じゃないですか」

笑ってしまった。

だが山羽は、冗談を言ったつもりでもないようだ。

「一緒じゃない」

「どこが違うんですか」

「かりに川崎がなにかを秘密にしているとして、おまえがその秘密を暴こうとすれば、それは隠しているってことになる。だが、必要ならばいずれ話してくれると、おまえがそう信じて待ってやっていれば、それは隠しているわけじゃない。まだ話していないってだけだ」

「あ……」

その通りかもしれない。

私は潤を疑い、疑心暗鬼になっていた。

ふああと、山羽があくびをする。

「おまえ次第なんだよ。川崎が隠し事をしていると捉えるのか、まだ話していないことがあると捉えるのか。事実は一つじゃない。見る人間の先入観や考え方、受け取り方一つで、がらりと変わってしまうもんだ」

信号が青に変わる。木乃美はアクセルを踏み込んだ。

「班長……」

「なんだ」

「班長って、たまにすごくいいこといいますよね」

「たまに、は余計じゃないか」

ふっと小さく笑う。

山羽はもぞもぞとシートに座り直しながら言った。

「二十五にもなって、警察官として白バイ隊員として、それなりに人の嫌な面を目の当たりにしてきたってのに、それでもまっすぐ愚直に、馬鹿みたいに他人を信じられるってのが、数少ないおまえの美点の一つだろうが。信じてやっても、いいんじゃないか。仲間なんだし」

「馬鹿みたいに、は余計じゃないですか」

横目で睨みつけると、笑顔が返ってきた。

木乃美も頬を緩めた。

「あと一つ、どうしても言っておかなきゃいけないことがあるんですけど、いいですか」

深刻な声を出すと、山羽がこちらに顔を向けた。木乃美がなにを言わんとしているのか、予想もつかないらしい。

「私まだ二十五じゃありません。二十四歳です」

数秒の沈黙があった。

「そりゃすまなかった」

山羽は声を上げて笑った。

6

その店は、厚木市の国道四一二号線沿いにあった。

潤は来客用の駐車スペースにバイクを止め、エンジンを切った。脱いだヘルメットを片手に、ガラス張りの店内を覗き込む。

すると五十がらみの男と目があって、ぎくりとした。

男は長めのくせっ毛を後ろに流し、口ひげをたくわえていた。白髪の割合が大きくなった気がする以外は、驚くほど印象が変わらない。

無表情で立ち尽くす潤とは対照的に、男は嬉しそうに目尻に皺を寄せ、内側から自動ドアを作動させた。

「こりゃ驚いたな。潤じゃないか」

「お久しぶりです。大村《おおむら》さん」

大村直哉《なおや》。このバイクショップ『モトショップ　オオムラ』のオーナーだ。

どういう会話から入って、どう話題を変えていこうか。頭の中で繰り返してきたリハーサルも、五年近いブランクなど存在しなかったかのような大村のフランクさとマイペースぶりの前では、無意味だった。

「ニンジャも久しぶりじゃないか。元気にしてたか」

潤が乗ってきたライムグリーンのバイクに歩み寄り、ステアリングを握りながら懐かしそうに目を細める。

「あ、あの、ずっと来られなくて、すみませ――」

「ちょっと見せてみろよ」

「えっ？」

「うちから嫁に出した娘が、ちゃんと大事に乗ってもらってんのかチェックさせろって言ってんだよ。駄目とは言わせないぜ」

おまえは女だから、婿に出した息子ってことになるのかな。そう言いながら大村は、にやりと笑った。

大村は店舗に隣接する整備場に潤のバイクを移動させた。

バイクリフトでバイクを持ち上げ、工具箱を開く。

「久しぶりだな。どうだった。ちゃんとかわいがってもらってたか」

文字通りバイクと対話しながらのメンテナンス作業も、相変わらずだ。こうなると大村とバイクの間には親密な空気が形成され、話しかけるのもはばかられる。

しばらく無言で作業を見守った。

「自分でやってんのか」

それがバイクに話しかけたのか、自分に話しかけられたのか、潤にはわからなかった。

「無視すんなよ」

大村が顔を上げてこちらを見る。潤に話しかけていたらしい。

「なんですか」

「自分でやってんのか、整備」

「全部じゃないですけど、自分でできるぶんは……」

大村は吟味するように、マシンの全体に視線を巡らせる。

「おまえ、まだ警察にいるのか」

「ええ」

「警察でなにやってんだ」

「白バイに乗ってます」

「すごいじゃないか。本当に白バイ隊員になれたんだな」

満面の笑みで祝福した後で、納得したような顔になる。

「さすが白バイ乗りだ。これ、日常的に相当細かいメンテナンスしてるだろう」

指摘されて少し驚いた。

もちろん仕事で使う白バイについては、毎日神経質なほどの点検と整備を行っている。だがプライベートの愛車に、そこまで手をかけている自覚はなかった。仕事で行う細かいメンテナンスが、いつの間にか習慣として身体に染みついていたということだろうか。

「おまえは大事にしてくれるオーナーに引き取ってもらえて、幸せ者だな」

大村がシートを撫《な》でながら、嬉しそうに目を細めた。

その目が潤のほうを向く。

「たしかに、これだけのことを自分でできるんなら、バイクショップに足を運ぶ必要はないかもしれんな」

違う。

そんな理由で、この店から足が遠のいたのではない。

本当は来たかった。だが、もう来てはいけない気がしたし、歓迎もされないだろうと思っていた。

「大村さん。すみませんでした」

大村が大きく手を振る。

「頭上げろよ。娘みたいに年の離れた女に、頭下げさせて喜ぶ趣味はない」

「だけど――」

遮って大村は言った。

「謝るようなことじゃない。おまえはなにも間違っちゃいない。警察官として、当然のことをしただけだ」

だがその結果、この店で知り合ったバイク仲間たちと断絶することになった。間違ったことをしたとは思わない。だが、恨まれている。

「最近、望月《もちづき》さんとは……？」

「いまはどこでなにをしているのかも、わからない。おまえも、望月も、同じころにいなくなっちまったんだよ」

大村は寂しげにかぶりを振った。

2nd GEAR

1

箱根湯本《ゆもと》の駅を通過し、温泉街の賑わいが薄れてきたあたりから、コースは本格的な上りになる。

走るほどに緑は濃く深くなり、山に飲み込まれるような錯覚に陥る。平均で三度の勾配と聞けば、たいしたことがないように思えるが、延々と続く上りだ。ときに道路が起き上がって、目前に迫ってくるかのようなポイントもある。バイクだと楽しいが、襷《たすき》を繋《つな》ごうとする選手たちには、さぞや地獄の道のりだろう。

『速度落せ』の路面標示が現れて、木乃美はスロットルを緩めた。

ちらりとバックミラーに目をやると、斜め後方を走るライトグリーンのバイクが見える。潤のニンジャ250Rだ。

ヘルメットのシールドの奥の眉が、わかっているよ、という感じに上下するのを確認し、木乃美は視線を戻した。

道は上りながら大きく左にカーブしており、前方には途切れたガードレールの向こうに、鬱蒼《うっそう》とした林が広がっている。

まるで空に飛び立つためのジャンプ台のようなそこは、大平台《おおひらだい》のヘアピンカーブだ。箱根駅伝往路五区、復路六区で数々のドラマを生み出してきた名所中の名所で、ランナーにとって最大の難所と言われている。

じゅうぶんに速度を落としてカーブに進入し、ぐっと左に体重をかけて車体を倒し込む。

そのとき、思いがけない車体の軽さにバランスを崩しそうになった。さすがに仕事で乗っているCB1300Pと同じ感覚ではいけないと、気を引き締め直す。

速度を落とさないと曲がりきれない。速度を落とし過ぎるとバランスを保つのが難しく、転倒の恐怖がつきまとう。箱根のランナーにとっての難所は、ライダーにとっての難所でもある。

木乃美は低い姿勢を保ったまま、コーナーの頂点に差しかかる前にスロットルを開いた。

今度は膨らんでコースを外れそうな恐怖が頭をもたげるが、腹に力をこめて堪える。

我慢。我慢。

そして無事に一八〇度のカーブを抜けようとしたそのとき、目の前にランニングウェアの集団が現れて息を呑《の》んだ。七、八人がおしゃべりしながら、ばらばらと車道にはみ出してランニングしている。

「危なっ……」

とっさに膨らんで回避し、追い抜いた後でバックミラーを確認した。

集団は年齢も性別も、ウェアの色もバラバラだった。大学や社会人の運動部ではなく、ファンランナーの集まりのようだ。横浜から箱根駅伝往路のコースを走ってきて、とくに往路五区に入ったあたりから、そのような集団を見かけることが増えた。

左手に小さな駅舎が見えてくる。

箱根登山鉄道の大平台駅だ。

木乃美は左ウィンカーを点滅させ、大平台駅前のスペースにバイクを止めた。

すぐ後ろに潤のバイクも止まる。

潤はヘルメットを脱ぎ、頭を左右に振った。

「さっきのヘアピン抜けたところ、危なかったね」

「ちょっと油断してたかも」

木乃美はジェット型ヘルメットのシールドを上げ、舌を出した。

「いや。上手《うま》く回避したじゃない。一年前の木乃美なら、派手に転倒してたんじゃないの」

「そうかも。いつものＣＢ１３００Ｐなら、いまでも転んでたかもしれない。こっちのほうがぜんぜん取り回しがいい。思ったことに即座にマシンが反応してくれる感じ」

感触をたしかめるように、ステアリングを左右に倒してみる。

「そりゃ、白バイはサイレンやらサイドボックスやら無線やら、ゴテゴテ積み込んでるから。どう？　念願の新車の乗り心地《ごこち》は」

「うん。最高」

「良いマシンだよな」

「うらやましい？」

「私はこいつで満足してるし」

潤が自分のマシンをぽんぽんと叩いた。

木乃美が駆っているのは、先月納車になったばかりのホンダNC750Xだった。バイクを購入するにあたり、A分隊の同僚たちに相談してみたが、お薦めしてくる車種がバラバラで、余計に迷う結果になった。結局、予算の範囲内でバイクショップの店員から何台かお薦めを挙げてもらい、鋭角的な顔つきと、赤いボディーの見た目が気に入ったNC750Xに決めた。

「しかしまあ、さすが木乃美というか、初めてのツーリングが箱根駅伝のコースとはね」

潤があきれ気味に肩をすくめる。

「ツーリングにも最適なコースでしょう」

「たしかに。木乃美にとってはツーリングしながら箱根の先導のリハーサルもできて、一石二鳥だ」

潤の言う通り、木乃美の目標は箱根駅伝の先導だ。だが、潤とのツーリングにこのコースを選んだのは、それだけが理由ではない。

「そういえば、木乃美さ」

軽い調子で声を発した潤が、なぜだか言いよどむ。

「どうしたの」

「あのさ……」

潤の表情が憂いを帯びた。

なにかを打ち明けようとして、躊躇《ためら》っている。そんな雰囲気だった。

木乃美の心臓が早鐘を打ち始める。沈黙を埋めようとつい言葉を発しそうになるが、山羽の助言を思い出して、ぐっと堪えた。堪えて、潤が発言するのを待った。

そのとき、先ほどのヘアピンカーブで追い抜いた、ランニングウェアの一団が追いついてきた。

潤がそちらを振り返り、大声で言った。

「ちょっとあんたたち、ここらへんは見通しが悪い上に、歩道と車道が分かれてないんだから、横に広がらないで一列で走ってよ！」

ランニングウェアの一団はこちらを見ながら不服そうにしていたが、「こっちは危うく事故るところだったんだから！」と追い打ちをかける潤の剣幕におののいたように、一列に隊列を組み換えながら走り去った。

「ったく、しょうがないな。死にたいのかね」

ランニングウェアの一団を見送りながら、潤がヘルメットを装着する。

えっ……終わり？

「そろそろ行こう」

「潤。いま、なにか言いかけたよね」

「そうだっけ？」

虚空を見上げた潤が、ああ、と思い出した顔をする。

「よかったじゃん」

「よかった……って？」

「目標に一歩、近づけてさ」

なんの話かわからない。じっと見つめて説明を求めると、潤が肩をすくめた。

「この前、中隊長から呼び出されてたろ」

「ああ。うん」

「あれ、競技大会に出ないかって話だったんだろう？　だから、よかったじゃん。木乃美、頑張ってたもんな……それが言いたかったんだ」

箱根駅伝の先導に選ばれるための一番の近道は、全国白バイ安全運転競技大会に神奈川県警代表として出場し、好成績を収めることだ。大会は毎年一回、茨城県ひたちなか市の自動車運転安全センター安全運転中央研修所の広大な敷地を舞台に開催される。各都道府県警および皇宮警察から選《よ》りすぐりの白バイ隊員が集い、バランス走行操縦競技、トライアル走行操縦競技、不整地走行操縦競技、傾斜走行操縦競技などの種目に分かれて運転技術を競うのだ。

神奈川県警から全国大会に出場する女性隊員の枠は、多くても二つ。その二つをめぐっての県警内での競技会はすでに終了しており、今年は第二交通機動隊所属の太田梓《おおたあずさ》巡査長が優勝し、県警代表の座を射止めていた。

ところが最近になって太田に妊娠が発覚し、辞退を申し入れたらしい。

中隊長に呼び出されたときには、なぜ自分にそんな話をと、疑問に思った。

木乃美も県警内での競技会には参加したものの、女性隊員の中で八位という成績だった。木乃美にとって自己最高成績には違いないが、それでも太田と自分の間には、六人もの候補者がいる。太田が辞退したからといって、自分にお鉢が回ってくるなど、ありえない。

だがとにかく、いまはそういう問題なのではない。

「本当にそれが言いたかったことなの？」

ぜったいに違う。

「そうだよ。なんで？　ほかになにがあるのさ」

潤は自分のヘルメットをぽんと叩き、「早く行こう。グズグズしてると、置いてくよ」と走り出した。

2

潤は端末で資料が用意されたのを確認し、カウンターに向かった。

利用者カードを提示すると、職員が山のような資料を両手で抱えて持ってくる。受け取るとずっしりと重い。それもそのはずで、ここ国会図書館で一度に閲覧できる雑誌は十冊までだが、雑誌などは半年から一年分が合本されており、合本ごとの貸し出しになる。つまり合本十部を抱えた潤は、数十冊の雑誌を抱えているのと同じなのだ。

デスクが整然と並んだ閲覧スペースの空いた席を探し、腰を下ろす。斜め向かいで調べ物をしていた大学生らしき男がちらりと視線を上げ、バイクジャケット姿の潤に場違いだと言いたげな顔をしたが、気にせずにファイルを開いた。

木乃美とは、箱根駅伝復路のゴールである東京の大手町《おおてまち》まで走った。

木乃美は当然、一緒に横浜まで帰るつもりだっただろう。だが潤は、用があるからとその場で木乃美と別れ、国会図書館に向かったのだった。

余計に疑われただろうなと、潤は思う。

別れ際の木乃美はなにか言いたげだった。別れ際だけではない。今朝、鶴見川《つるみがわ》にほど近い書店の駐車場に集合したときから、芦ノ湖《あしのこ》で引き返して大手町に着くまで終始、木乃美はときおりなにか話を切り出すタイミングをうかがっている様子だった。

いや、自分からなにかを言おうとしたのではない。

待っていた、潤が話をするのを。さすがに木乃美には、このところの心の動揺を悟られていたらしい。

だけどごめん。まだ話せない……――。

寂しそうな顔をする木乃美の残像を、かぶりを振って脳裏から追い払い、潤はページをめくった。

潤が目を通しているのは、モータースポーツを取り扱った雑誌のバックナンバーだった。埼玉の実家に帰ればすべて保管してあるが、国会図書館のほうが手っ取り早い。

雑誌はすべて、潤が中高生のころのものだった。オートレーサーに憧れていた青春が蘇《よみがえ》り、ほのかに甘酸っぱい感情も広がるが、それ以上に不穏な気持ちも大きく、ページを繰るごとに胸の内に嫌な風が吹いた。

そして三冊目の合本を閲覧しているとき、潤の時間が止まった。

それは目下注目のオートバイ・ロードレースライダーを紹介する、インタビュー記事だった。

レーシングスーツ姿でこちらに微笑みかける細面の男は、望月隆之介《りゅうのすけ》。これから世界に羽ばたくであろう気鋭の若手ライダーとして紹介されている。

十八歳でレースデビューした後は順調にポイントを重ね、二十二歳で国際A級に昇格。インタビュー掲載時点では、全日本ロードレース選手権のポイントランキングでベスト10に食い込む健闘を見せている。

潤は知っている。この後、順調に成績を伸ばした望月が、日本を代表するロードレーサーへと成長していくことを。

そして輝かしいキャリアが一転、望月自身が起こしたひき逃げ事件によって地に堕《お》ちてしまうことを。

潤は食い入るように記事を読んだ。

中学生のころにも同じことをしたが、そのときとは心境がまったく異なる。あのころのように胸を躍らせて、いつか自分もこの人のようなライダーになりたいと夢を抱いて読めたなら、どれほど幸せだろう。

インタビューはライディングテクニックや、マシンのチューニング方法といった専門的な分野はもちろんのこと、プライベートにも及んでいた。

ミニバイク時代から応援し続けてくれたという地元厚木の『モトショップ オオムラ』のオーナーとの交流。バランスの良い食事で体調管理に気を配ってくれる妻とは、高校時代からの付き合いだということ。全国を転戦する生活でも、四歳になる一人娘を思えば頑張り抜けるという話。

ああ、そうだった。たしかにこういう内容だったと、うっすら残った記憶と照合しながら読み進む。さすがにかつて繰り返し読み込んだ記事だけあって、次第に記憶の輪郭がくっきりとして、次にどういう話題に移るかまで思い出せるようになってきた。

と、いうことは——。

潤はページをめくろうとして手を止めた。

次に現れるものが予想できたからだ。

いっそ読むのをやめようか。このままページをめくらずに本を閉じ、カウンターに返却して帰ってしまおうか。

いや、駄目だ。

なぜならば私は、ロードレーサー望月隆之介の大ファンであると同時に、いや、いまはそれ以上に、警察官だから。

目を閉じ、深く息を吐いて心を鎮める。

思い切って指先に力を込め、ページを繰った。

すると、予想通りのものが現れた。

鐘だ。

望月がお守りにしているというガーディアン・ベルの写真。その表面では、二人の天使が戯れている。

坂巻からもらった遺留品の写真を取り出し、見比べてみた。経年のせいで遺留品のほうの色合いが少しだけくすんだように見えるが、それ以外に違いはない。同じものと判断してかまわないだろう。

そして雑誌の写真に添えられたキャプションが、潤をさらに暗い気分にさせた。

——横須賀《よこすか》のシルバーアクセサリーショップ『白狼《はくろう》工房』にオーダーメイドした

一点物。望月のこだわりを感じさせるアイテムだ。

一点物。

同じものは、二つと存在しない。

潤は真っ白な頭で、目の前に並べた二つの写真をしばらくぼんやりと眺めた。

──仲間を売ったのか。

ふいに過去から呼びかけられ、潤はびくんと全身を波打たせた。いくつもの蔑むような視線に晒《さら》された記憶が蘇り、寒気が走る。

私のせい？

私があんなことをしなければ、望月さんは……。

斜め前に座る大学生ふうの男が、じっとこちらを見つめている。

そのことで、自分が涙ぐんでいるのに気づいた。

潤は雑誌を読みふけるふりをしながらうつむき、さりげなく目もとを拭った。

3

「おっ。来た来た」

運ばれてきたサンマー麺を、坂巻が揉み手で迎える。

そんな坂巻に、木乃美は頬杖をついて冷めた目を向けていた。

「なんな？　おいの顔になんかついとるや？」

そう言いながらも箸の動きが止まらないところは流石《さすが》だ。それ自体が意思を持った生き物のように動き、丼からすくい上げた麺を口に運ぶ。

「脂肪がついてる」

「そんなん、お互い様やろうが」

「あと頭に白髪ネギが載ってる」

「これは白髪ネギじゃなくて髪の毛たい。白髪ネギなんて言うな。まだまだ黒々としとるやろうが」

「色は黒いけど、ボリュームは刺し身のツマみたい」

「今日は矢継ぎ早にディスってくるな。この髪型、ユキナちゃんにもヒヨコみたいでかわいいって、意外と評判よかとぞ」

坂巻が頭頂部の乏しい毛髪をいとおしげに整える。

「はいはい。曙《あけぼの》町のユキナちゃんね」

曙町は横浜市中区《なか》にある風俗街だ。この店からもそう遠くない。

ＪＲ桜木町駅から徒歩十分ほどの場所にある、中華料理屋だった。坂巻と食事するときの定番になっている。相変わらず小汚い店構えだが、相変わらず味はたしかだ。そして相変わらず繁盛しているらしく、外には空席待ちの行列が出来ている。

「部長。本当に三キロも痩せたの」

女性である自分にとっての三キロと、巨漢の坂巻にとっての三キロは違う。だがそれを差し引いたとしても、サンマー麵を「啜《すす》っている」というより「飲んでいる」ふうに見える坂巻の体重が落ちるとは思えないし、思いたくない。

「痩せたさ。見りゃわかるやろ」

「わからないから訊いてるんじゃん」

「ユキナちゃんはすぐわかったぞ。お腹《なか》周りがすっきりしたねって……あ、そうか。ユキナちゃんはおれの裸を見とるから――」

嫌な想像を打ち消そうと、木乃美はかぶりを振った。

「やめてよ。食欲なくなるから」

餃子《ギョーザ》に伸ばそうとしていた箸を引っ込める。

「どういう意味な、そりゃ」

坂巻は愉快そうに笑った。

「だいたいさ、ユキナちゃんにとって部長は大事な常連客なんだから、お世辞ぐらい言うでしょう。刑事のくせに、そんなの真に受けちゃって」

「そがんことなか。ユキナちゃんは営業トークなんてできん子たい」

坂巻が不愉快そうにへの字口になった。

「そもそもダイエットってなにやってんの」

「ビリーズブートキャンプ」

「は？　いまさら？」

ＤＶＤに合わせてトレーニングするあれか。

「ダイエットにいまさらもなにもあるか。流行《はや》り廃《すた》りは関係ないやろうが」

「かもしれないけど、なんでいまごろ始めようと思ったの」

大流行したのは、一昔前じゃないだろうか。それをなぜいまごろになって。

「先輩からもらったけんな。結婚して寮を引き払う先輩の引っ越しを手伝ったお礼にさ」

なるほど。プレゼントという名目の不用品処分か。

「せっかくもらったからやってみたんやけど、これが意外ときつくてな。おれも負けず嫌いやけん、なにくそと意地になって続けるうちに、三キロ落ちとったというわけさ」

「ふうん……」

そんなに効果があるのなら、私もやってみようかな。

「それはそうと、あれはどうなった？」

そう言って、坂巻が麺を豪快に啜る。

「あれ？」

「ガーディアン・ベル」

その言葉に、なぜかぎくりとしてしまった。

「どうした」

「いや。別になんでもない」

「なんな。カエルがひきつけ起こしたみたいなリアクションしよって」

ニヤニヤした坂巻の表情で反撃を期待されているのはわかったが、動揺のあまり普通に返してしまう。

「私、カエルじゃないよ」

「わかっとる、そんなの。どうした、本田。さっきまでは絶好調やったのに、急に調子落としたみたいやな」

覗き込むようにされて、ぶんぶんとかぶりを振った。

「そんなことないよ！　ガーディアン・ベルのことも知らないし！　ぜんぜん知らない！」

過剰で不自然な反応だったかもしれないと思ったが、坂巻は少し残念そうに唇を曲げただけだった。

「そうか。元口さんや梶さんも、ガーディアン・ベルを持っとるのは基本的にアメリカンバイク愛好家だけだとか、言うとったもんな。ちょっと期待しとったけど、しょうがない」

「捜査、進んでないの」

「まあ、これからさ」

自分に言い聞かせる口ぶりだった。

「現場にガーディアン・ベルが落ちてたってことは、事件にはバイクに乗ってる人が関係しているってこと？」

「そういう可能性ももちろんある。ただ、ようわからん。別のセンの可能性もある」

「別のセン？」

周囲をうかがうように視線を動かした坂巻が、顔を近づけろという感じに人差し指を曲げた。指示通りにすると、小声で告げる。

「殺害されたガイシャの矢作という男は、川崎の堀之内《ほりのうち》に行政書士事務所をかまえとった」

「堀之内？」

聞き覚えのあるような地名だと思っていると、端的に説明してくれた。

「横浜でいう曙町みたいなもんたい」

「ああ」とてもよくわかった。風俗街か。

「ということは、部長のよく知ってる場所だ」

「あのな、風俗街ならどこでも出没するわけじゃないぞ」

「じゃあ、行ったことないの」

「ないことはない。ユキナちゃんは人気嬢やけん、おれが休みの日に確実に予約が取れるとも限らんしな」

ようするに、ユキナちゃんの予約が取れないときには、足を延ばすこともあるらしい。

「そういう関係って、虚《むな》しくならないの。何時間かだけの擬似恋愛ってことでしょう」

「ここ数年、一秒の擬似恋愛すらできてない女に、言われる筋合いはないと思うけどな」

さらりと事実を突きつけられ、返す言葉もない。

「いまはそういう話じゃないな」と坂巻が話を戻す。

「一口に行政書士というても、いろんな仕事があるみたいやが、矢作の場合は事務所の場所が場所だけに、風俗営業の許可申請なんかがおもな仕事だったみたいやな。ほとんどの取引先が風俗店で、そういう筋から法律相談を持ちかけられることも多かったらしい。だがそういう筋ってのは、金払いはよくても、身奇麗な客ともいえないやろう」

「暴力団……?」

坂巻は頷いた。

「そういう関連のトラブルに巻き込まれることも多かったらしく、脅されたり、嫌がらせを受けたりすることもあったたっちゅう話だ」

そこで坂巻は顔をしかめ、こめかみのあたりをかいた。

「だがな。現在進行形でトラブってた相手が、見つからん。ガイシャと二人で事務所を切り盛りしとった妻も心当たりはないと言うし、ガイシャのPCやら携帯やらを解析してみても、それらしい相手は見当たらん」

「だけど、被害者は夜遅くに、赤レンガ倉庫まで出かけてるんでしょう」

話の途中から、坂巻は小刻みに頷いていた。

「言いたいことはわかる。事件当日、ガイシャは取引先からの接待を受けると言うて、自宅を出とる。行政書士というたら、いちおう『先生』て呼ばれるような仕事やけんな、そういうことは珍しくなくて、妻はとくに疑いもしなかったようだ。だがガイシャが会《お》うたはずの相手に話を聞いたら、その日はそんな約束しとらんし、ガイシャにも会うとらんと言う。供述の裏も取れたけん、嘘ではなさそうだ」

つまり、被害者は妻に嘘の予定を伝えていた。

「奥さんに相談もしていないってことは、仕事関連のトラブルじゃないんじゃないの。被害者が不倫でもしていて、別れ話がこじれて殺されたとか」

「おれも最初はそう思ったんやけどなあ……」

微妙な反応だった。

「違うの」

「一〇〇%《ヒャクパー》違うとまでは言わんが」

ううん、と顎を触ってから、視線を上げた。

「おまえが刃物で人を刺すとすれば、どうやる。どういうふうに刺す」

「え？」

想像してみる。

「こう……かな」

腹の前で刃物をかまえ、身体ごと相手にぶつかるような動きをした。右手で柄を握り、柄尻に添えた左手で、刃物を押し込む。頭の中で刺した相手は、二股をかけられた昔の恋人だ。

「やろ？　まあ、だいたいそうなると思うんだ。一番力が入るしな。その刺し方だと、同じ身長の相手ならばへそ付近か、そのせいぜい五センチ程度上に、傷ができることになる。だが今回のガイシャの遺体の、おそらくホシによる第一撃と思われる傷は、鳩尾《みぞおち》付近にあった。ガイシャの身長は一六四センチだったから、いまおまえがやったように刺したと考えると、ホシの身長は一七〇センチ前後と考えられる」

「一七〇か。女の人にしては背が高いね」

「それぐらいの身長なら、そこまで珍しいわけでもないけどな。ただ少なくとも、日本人女性の平均を遥《はる》かに上回っとる。それに、ガイシャは真正面から刺されとる。ホシとは顔見知りで、警戒するような関係ではなかったということかもしれんが、それにしてもホシが女なら、真正面から刃物で殺害しようとするやろうか。いくら相手のほうが身長が低いといえ、一般的に男のほうが腕力に勝るものやし、刃物を奪われて反撃される恐れもあるやっか」

「じゃあ、犯人は男？　そうなると、被害者はどうして奥さんに嘘をついてまで、現場に出かけたのかな」

「さあな。もしかしたら不倫相手の女が一七〇を超える長身で、格闘家みたいな身体つきをしとって、別れ話のもつれで殺されただけかもしれんけどな」

「部長。明らかに考えるのが面倒くさくなってるでしょ」

「気づいただけたい。いまこの瞬間は、遠くのホシより近くのサンマー麺やてな」

そう言って坂巻は箸を手にすると、ひと啜りで丼の麺を空にした。

4

潤は横須賀芸術劇場の地下にある駐車場にバイクを止めた。

そこからどぶ板通り商店街までは、徒歩一分だ。

煉瓦《れんが》を模したタイルの敷き詰められた細い道の両脇には、ハンバーガーショップ、ミリタリーグッズやスカジャンの専門店、ワッペンの専門店といった、普通の商店街にはあまり見られない、基地の街ならではの店舗が建ち並ぶ。懐かしさと洗練が入り混じったような、独特の雰囲気だ。

潤がここに来るのは二度目だった。一度目は白バイ隊員になりたてのころ、プライベートのツーリングの途中で、ぶらりと立ち寄った。とはいえハンバーガーショップで食事をした後はすぐに立ち去ったので、実質初めてのようなものだ。パトロールで付近を走ることは少なくないが、観光地に足を踏み入れる機会はあまりない。

『白狼工房』は商店街の中ほどにあった。

ペンキの剝げかけた立て看板が出ているだけで、うっかりすると通り過ぎてしまいそうな間口の狭い店だ。隣接する古着店と同じ建物に入っており、古着店に押し出されそうなのを懸命に堪えているような印象だ。

店内も、外から見た印象通りの狭さだった。敷地はせいぜい二畳ほどだろうか。その二畳をさらに狭くしているのは、左側の壁際に設置されたショーケースだ。ショーケースの中にはネックレス、ブレスレット、指輪などのシルバーアクセサリーが並べられている。

店の奥には折り畳み式の小さなテーブルがあり、男が大きな身体を屈《かが》めるようにして作業していた。指輪かなにかの表面を彫っているようだ。コンコンコンコンと、金槌が刻印を打ちつける音が響いている。

まるで来客に気づいていないかのように作業に没頭していた男だったが、潤が歩み寄ろうとすると、手を止めることなく言った。

「いらっしゃい」

「こ、こんにちは」

「初めてだね」

「はい」

「ゆっくり見ていってよ」

「ありがとうございます」

買い物に来たわけではないが、いきなり用件を切り出せる雰囲気でもない。潤はショーケースを見るともなく眺めた。

ガラスの上を滑っていた視線の動きが、ふいに止まる。

ガーディアン・ベルが並ぶ一角を見つけたからだった。髑髏《どくろ》や十字架、聖母マリアといった定番モチーフのほか、犬や猫、ゾウにカエルといった動物を刻印したもの、絡み合う蔦《つた》が幾何学模様を形成したようなもの、シンプルにイニシャルらしきアルファベットを刻印したものなど、さまざまなデザインがある。

「ガーディアン・ベル、見に来たの」

声をかけられて顔をひねると、男は先ほどと同じ姿勢だった。

「ええ」

「バイク乗りっぽい格好してるもんな」

潤は答えずに、男に歩み寄った。

男は視線を上げることとすらせずに、手を動かし続ける。ただ、拒絶されているような感じではない。

「誰の紹介?」

それ以外に来店の動機など存在しない、とても言いたげな口調だった。

「紹介じゃなくて、雑誌を見て来たんです」

「別の店と間違ってないか。うちは雑誌に広告なんて出してない」

「広告じゃなくて、インタビュー記事です」

「それこそなにかの間違いだ。雑誌のインタビューなんて受けたことはない」

「有名なロードレーサーのインタビューです。もう十年ちょっと前のなんですけど、たまたまバックナンバーを読んでいたら、その人がここでガーディアン・ベルを作ったって書いてあって……」

シルバーを削る刻印の音が止まった。

男が視線を上げ、初めて潤の顔を正視する。

「嘘だろ？　雑誌って『ライディング・ファン』だよな？　いまごろ隆ちゃんのインタビューを読んで来たってのか」

「そうです」

「隆ちゃんのファンなのか」

「はい」

真意を探ろうとするかのような沈黙があった。

「ファンなら知ってるよな。隆ちゃんがどうなったのか」

「知ってます。ひき逃げ事故を起こして引退しました」

「なら——」

潤は声をかぶせた。

「でも私にとって、望月隆之介はヒーローなんです……いまでも」

射るように潤を見つめていた視線が、ふいに緩んだ。

「すげえな、隆ちゃん。いまだにこんな熱心なファンがいるなんて。あらためて惜しくなるな、あの才能が。まったく、なんであんなことをしでかしちまったのか……。被害者がいることだから同情の余地はないが、せめて事故を起こしたときに逃げたりせず、通報してればって、いまでも思うよ」

座れよ、という感じに、男が顎をしゃくる。

潤は、男とテーブルを挟んだ小さな椅子に腰かけた。

「望月さんとは、親しかったんですか」

「中学の同級生だが、中学時代はそれほど親しかったわけじゃない。同窓会で久しぶりに会って、おれがこの店を始めたって話をしたら、じゃあそのうち遊びに行くよって……その後、まさか本当に来るとは思わなかった。当時はあいつ、国際A級に昇格したばかりで、あちこち転戦して忙しそうだったし。隆ちゃん、おれのためにガーディアン・ベルを作ってくれって言ってきてさ、どんなに派手なクラッシュしても、ぜったいに死なそうなやつを頼む……って。それ以来の付き合いだ」

「最近は……？」

ほのかに期待したが、交流はないらしい。男はかぶりを振った。

「以前はレースの合間に遊びに来たりということもあったんだが、あの事件以来さっぱりだ。何度かこっちから電話したりメールしたりしてたんだが反応がなくて、そのうち電話番号が変わったらしい。繋がらなくなった。あいつがレーサーでなくなっても、おれたちが友達でなくなるわけじゃ、ないんだけどな。そのつもりだったんだけどな」

片頬だけを吊《つ》り上げて、寂しげに笑う。

「一つ、質問があるんですけど」

「なんだい」

潤は軽く前のめりになっていた。膝に置いたこぶしの内側が、いつの間にか湿っている。

「あれと同じものを作っていただくことは、可能でしょうか」

「あれって、隆ちゃんに作ったのと同じガーディアン・ベルのことかい」

潤が頷くと、男は困ったように顔を歪めた。

「いちいち設計図を書いたりするわけじゃないからな。おれのやり方だと、あれに限らず、同じものを二つと作ることはできない」

「写真があればどうですか。写真を見ながら、それと同じものを作るのは——」

やや強い調子で遮った男が、諭すような口調になる。

「申し訳ないがそれはできない。というより、しない。あのガーディアン・ベルの天使の顔は、隆ちゃんの一人娘に似せて彫ったものだ。オーダーメイドはもちろん受け付けているが、それは他人のと同じものを作るためじゃない。その人にとって唯一無二の、スペシャルを提供するためだ。憧れのライダーと同じものを持ちたいというお客さんの気持ちはわかるけど、隆ちゃんのために作ったものと同じのを、ほかの人に作ることはできない。あれは隆ちゃんのために作ったものだからだ」

「技術的には、可能なんですか」

「なに？」

男が眉をひそめた。

「もしも現物の写真や、あるいは現物そのものを見せたとしたら、それと同じものを作ることは、技術的に可能なんですか」

「写真だと……いろんな角度から撮影したものが必要になるかもしれないが、現物があれば、まあ、なんとかなるかな。だがやらないぜ」

「ほかの人ならどうですか」

「無理だ」

「なんだって?」

「ほかの職人さんに、あのガーディアン・ベルと同じものを作ることはできると思いますか」

さすがに不機嫌になったようだった。

男はしばらく睨むように潤を見つめた後で、口を開いた。

「やれるもんならやってみればいい。よほど腕の立つ職人じゃない限り、しょっぱいレプリカができあがるのは目に見えてるけどな」

一つの道で研鑽《けんさん》を積み重ねてきた男の、矜持《きょうじ》を感じさせる口調だった。

だがそれは、潤を絶望的な気持ちにさせた。

遺留品のガーディアン・ベルは、望月の持ち物だったと考えて間違いないのか。

5

路肩に寄せて停車したマスタングに歩み寄った木乃美は、運転席からひょっこり顔を覗かせた男の驚くほど小さな顔を見て、心臓が止まりそうになった。
丸山淳也《まるやまじゅんや》だ——思わず叫びかけたが、かろうじて使命感のほうが勝った。懸命に真顔を保ち、昨日テレビドラマで見たばかりのイケメン俳優に声をかける。

「こんにちは。お急ぎでしたか」

三ツ沢《みつざわ》公園にほど近い路上だった。

平日の日中、交通量の比較的少ない時間帯とあって、ついスピードを出してしまう気持ちは理解できなくもない。だが奇妙なことに、前方を走るマスタングは、木乃美の白バイが接近するのに気づいて、急に法定速度を超えたように見えた。まるで捕まえてくれと言わんばかりに。

「別に急いでないんだけど、お姉さんの顔が見てみたかったから」

「えっ……」

どぎまぎしてしまう。と同時に、ドラマの役柄で見せる誠実な好青年ぶりとは真逆の軽薄な口調に、少しだけ失望した。

「お姉さん。グラサン外して顔見せてよ」

丸山が眼鏡を外すしぐさをした。

「な、なんで」

「いいじゃん、別に。減るもんじゃあるまいし」

たしかに減りはしないが、いきなり指示されて従う義理もない。

「い、嫌です」

「なんでだよ。ちゃんと反則金は払うから、顔見せてくれよ」

「そういう問題じゃありません」

「じゃ、どういう問題？　どうしたら顔見せてくれるの」

「ななな……」

　いったいどうなっているんだ。どうして人気沸騰中のイケメン俳優が、私の顔を見たがるのだろう。

　わけもわからずに混乱する木乃美を、さらに混乱させたのは、助手席から身を乗り出してきた男だった。

　成瀬博己だ。

　これはいったいどういう状況だ。

　十日前、横浜駅周辺を暴走して免許取り消しを食らい、その二日後に神妙な顔つきで謝罪会見に臨んでいた若手イケメン俳優が、いままさに交通違反を犯した若手イケメン俳優の運転する車の助手席にいる。そしていままさに交通違反を犯したほうの若手イケメン俳優は、木乃美の素顔が見たいから、あえて交通違反を犯したとのたまう。

成瀬は運転席の丸山に覆いかぶさるようにしながら、しばらく木乃美を上目遣いで見つめた。そしてかぶりを振る。

「違うよ。淳也、ぜんぜん違う」

「そうなの。女の白バイ隊員って言ってたじゃん」

丸山は意外そうに成瀬を振り返る。

「そうだけど、潤ちゃんはもっとすらっと背が高かった。こんなポチャポチャしてない」

がつん、と鈍器のようなもので後頭部を殴られたような衝撃が走った。

「マジか。女の白バイ隊員見つけたからわざわざ違反したってのに、ハズレかよ」

「ハ……ハ……」

ハズレですと？

全身の血液が沸騰した。

「しょうがないな。じゃあお姉さん、さっさと切符切ってよ。急いでっから、早くしてね」

「ふふふ、ふざけないで！」

木乃美に怒鳴りつけられ、イケメン俳優たちの肩が跳ねた。

「なんなのよ、いったい！　初対面の相手にサングラス外せとかポチャポチャしてるとかハズレだとか！　失礼じゃないの！　イケメンだからって、なにを言っても許されるとでも思ってるの。何様？　ねえ、あなたたち何様？　もういいわ。ああ、もういいわ。あなたたちの本性がよおくわかったから。今日でファンやめるし写真集も捨てる。ただ捨てるんじゃなくて、燃やしてやる。潤の言う通りだわ、細っちろくてナヨナヨしてるくせに、ちょっと顔が整ってるだけで調子に乗ってる、中身のない馬鹿！」

同じところをぐるぐる回りながら行き場のない感情を吐き出していると、成瀬が反応した。

「潤？　潤ちゃんを知ってるの？」

そう言いながら、慌ただしく懐からなにかを取り出す。

赤切符だった。交付者の欄には、潤の署名がある。

「これ、潤ちゃんからプレゼントされたんだ」

「はあっ？」

なにがプレゼントだ。

木乃美の心が急速冷凍されるのとは裏腹に、成瀬は熱っぽく訴える。

「どうしてもまた潤ちゃんに会いたくて、淳也に頼んでここらへんを流してたんだ」

「で、後ろを走ってる白バイに乗ってるのが女の子じゃないかって、博己と話してたら、知らないうちにアクセル踏み込んでたみたい。参ったよ。点数損しちゃったな」

唇を尖らせる丸山のしぐさが、ちょっとかわいらしく見えてしまうところが、また腹立たしい。

「そんな動機で交通違反するの、本当にやめて！　ちょっとした違反が、取り返しのつかない大きな事故につながることだってあるんだから！」

「そんな大げさな。一〇キロぐらいオーバーしただけじゃん」

「時速六〇キロでは二七メートルの制動距離が、時速七〇キロだと三九メートルになるの！　時速六〇キロで走っている場合、時速七〇キロのときよりも、一二メートルも手前で止まれるの！　一二メートルよ！　一二メートル！　その数字を聞いて、たったそれぐらい、って思うの？　突然道に誰かが飛び出してきたりとか、そんなとっさのときにも、たった一二メートルって言えるの？」

「わかったよ。悪かったよ」

丸山は木乃美の剣幕に気圧されるように身を引いた。

「本当にわかってる？」

「わかってるって。反省してる」

しょんぼりとする丸山をよそに、成瀬にはまったく反省の色が見えない。

「潤ちゃんのことを知ってるんだろ。会わせてくれないか」

なんで私が。成瀬を無視して言った。

「免許証を持って車を降りてください」

丸山が車を降りてくる。

ところが成瀬も車を降りてきた。

白バイまで追いかけてくる。

「この赤枠内を見てください。何キロ出ていますか」

「な、七二キロ」

「なあ頼むよ。潤ちゃんに会わせてくれ」

「時速六〇キロ制限道路なので一二キロオーバーですね」

「はい。ごめんなさい」

「お願いだ。なあ、淳也からも頼んでくれないか」

「うるさい！」

完全無視を貫こうと思ったが、とても無理だ。成瀬を睨みつけながらふと思う。

はたしてこのサングラス、効果はあるのだろうか？

少なくとも成瀬にたいしては、まったく威圧効果がなさそうだが。

考える隙を奪うように、成瀬がまとわりついてくる。

「潤ちゃんに会わせてくれさえすれば、おとなしく引き下がるよ。もう二度と交通違反だってしない。なあ、淳也」

「お、おう……もちろん」

丸山が小刻みに頷いた。

木乃美は二人のイケメン俳優の顔を交互に見た。なぜだろう。ファンならば夢にまで見るようなシチュエーションだろうに、心は一ミリも弾まない。

「潤に会って、なにをするつもりなの。赤切符切られて、芸能活動自粛に追い込まれた復讐《ふくしゅう》でもするつもり？」

成瀬が大きくかぶりを振った。

「まさか。そんなこと考えてもいない。潤ちゃんに告白するつもりだ」

あまりに予想外の発言だったので、内容を咀嚼《そしゃく》するのにかなりの時間がかかった。

そして時間をかけても理解できないので、結局訊き返した。

「は？」

「告白する。考えてみればおれ、あんなふうにキツく叱られたことがなかったんだ。最初はムカついたけど、おれにたいしてキレたって、潤ちゃんには得なことなんてないわけじゃん。おれのためを思ってキレてくれてるってことじゃん」

それもないとは言わないが、成瀬の無謀な運転で事故に巻き込まれる人がいないように、というほうが大きいと思う。

だが成瀬はうっとりと目を細めた。

「後になって考えてみれば、潤ちゃん、すげーかっこいいなと思えてきて。女の子にたいしてそんなふうに思えたの、生まれて初めてだったんだよね」

飛ぶ鳥を落とす勢いの若手イケメン俳優が、白バイ隊員に告白？　なにを？

余罪？

そんなわけがない。ならば……。

——まさか。

だがそれ以外の解釈があるだろうか。

「告白する。おれ、潤ちゃんのことが好きだって」

「はあ……」

本気か？

そのとき、スマートフォンが振動した。

坂巻からの電話だった。

丸山の免許証はこちらの手にあるし、成瀬の様子からも、逃亡の恐れはまずなさそうだ。ちょっと待って、と二人に告げ、電話に出た。

「本田か。いまどこな」

「どこって、取り締まり中」

「どこらへんで取り締まり中な。できるだけ早く会いたい」

潤にはいまをときめくイケメン俳優が会いたいと言うのに、私には頭の禿げたメタボ体型の同期か。

せめて想像だけでもと思い、頭の中で坂巻を王子様風イケメンに置き換えながら応じてみた。子猫みたいな性格のイケメンは、仕事中だろうと電話をかけてきて会いたい会いたいとせがみ、木乃美を困らせる。

「そんなふうにわがまま言って困らせないでよ。いま取り締まり中なんだってば」

「なに言うとるとな。おまえ馬鹿か」

気味悪そうにされた。自分でも虚しくなったので、想像中止。

「川崎のことで、大事な話がある」

「潤のことで?」

「潤ちゃん?」

成瀬がこちらに注意を向けてきたので、木乃美は背を向けながら送話口を手で覆った。

6

待ち合わせ場所に指定された湊《みなと》警察署の駐車場に着いたのは、木乃美のほうが先だった。

CB1300Pのスタンドを立てて待っていると、ときおり顔見知りの湊警察署員が通りがかる。中に入って待っていればと勧められもしたが、断った。坂巻の様子から、いい話でないのは想像できる。あまり他人に聞き耳を立てられる場所でないほうがいい。

たっぷり二十分ほど待って、そろそろ携帯電話を鳴らしたほうがいいだろうかと思い始めたころ、ようやく坂巻が現れた。合掌しながら駆け寄ってくる。

「遅いよ」

「すまんな。立ち食いそばが出て来るのに時間がかかってしもうてな」

「なんで人を呼び出しといて、そばなんか食べてるの」

「朝からなにも食べとらんとたい。立ち食いそばぐらい、いいやろ。本当は海軍カレーでも食べたかったところやぞ」

「横須賀行ってたの」

海軍カレーといえば横須賀の名物だ。

「おう。どぶ板通りのシルバーアクセサリーショップに、聞き込みに出かけとった」

シルバーアクセサリーということは。

「ガーディアン・ベル?」

「そうたい。あの写真を持って横浜近辺のシルバーアクセサリーショップを聞き込みしよったら、どぶ板通りにある『白狼工房』という店の柳下《やぎした》という職人が作るものにテイストがよう似とるっちゅう声があってな、行ってみたったい」

「結果は?」

坂巻は親指を立てた。

「当たりや。柳下は間違いなく自分が作ったものやと認めた。望月隆之介という中学時代の同級生のために制作した、一点物だそうだ。望月というのは、一時期は将来を嘱望されとったオートバイ・ロードレーサーだそうやな。その筋ではけっこうな有名人らしいが、おまえ、知っとるか」

「知らない」

かぶりを振ると、「おまえはガーディアン・ベルも知らんかったしな」と鼻で笑われた。少しむっとしたが、いまはそれどころではない。

「それじゃあその望月という男が、事件に関係しているのね」

「その可能性は高いやろう。まずは本人に接触して、話を聞いてみないとなんとも言えんが。ただ、当の望月が現在は住所不定みたいな状態になっとるらしいから、所在を特定するのに難儀しそうやが」

「住所不定なの？　有名人なんでしょう」

「五年前までの話たい。なんでもひき逃げ事件を起こして、ライセンスを剝奪されたっちゅうふうに聞いとる。五年前というたら、おれらが二年目のころぐらいやな。ちょっとしたニュースにもなったらしい」

「ああ。ぼんやり覚えてるかも」

「本当かよ」

坂巻は疑わしげだ。

「本当だよ。そういうの好きな先輩がいたんだ」

「それならわからんでもないが。とにかくその事件以来、人生がいっきに暗転したってわけさ。現在の住所は、川崎の日進町《にっしん》になっている」

「日進町って、ドヤ街だよね」

「そう。日雇い労働者や生活保護受給者が集まる、簡易宿泊所が集中しとる地域たい。横浜でいう寿《ことぶき》町やな。そして望月の住所ということになっとる場所には、去年火事で全焼した簡易宿泊所が建っとった。すなわちいま現在、望月はそこに住んでいない。というか住めない。だから住所不定やな」

そういえば昨年、日進町で簡易宿泊所二棟が全焼し、九人もの犠牲者を出した火災があった。かつては華やかなオートバイ・ロードレースの世界にいた男が、あそこに住んでいたのか。

「ところで部長、潤のことで大事な話があるって言ってなかった？」

これまでの話ももちろん大事だろうが、交通機動隊員の木乃美に真っ先に報告する必要があるとは思えない。潤にかんする話だと聞いたから、しかも坂巻がやけに深刻そうだったから、木乃美は取り締まりを中断して駆けつけたのだ。

「ああ。そうだ。だから本田を呼んだ」

「いままでの話に関係あるの？」

「関係ありそうだ。残念ながら」

坂巻は顔をしかめ、ふいに思い出したように訊く。

「そういえばさっき電話したとき、男が騒いでなかったか。潤ちゃんがどうとか騒々しかったが、まさか本田、なにか喋《しゃべ》ったりしていないだろうな」

「まさか。っていうか、喋るほどなにも知らないし」

木乃美は白バイのサイドボックスの中の、交通反則告知書の冊子に挟み込んだ紙片のことを思い出した。潤に渡してくれと、成瀬が連絡先を記したメモを押しつけてきたのだ。人気俳優と女性白バイ隊員の恋。どこまで本気なのだろう。

「それもそうだな」

坂巻は納得した様子だった。

「で、どんな話なの」

「ああ。さっき話した『白狼工房』の柳下という男が、気になる話をしとってな。

なんでも数日前、望月のと同じガーディアン・ベルを作れないかと、若い女が訪ねてきたらしい。話を聞いてみると、その若い女というのが、どうも川崎っぽいんだ」

「潤が?」

驚いたが、すんなり腑《ふ》に落ちる部分もあった。

最初にガーディアン・ベルを見たときの潤の表情と、その後の異変。やはりあのガーディアン・ベルに見覚えがあったのだ。

「まだはっきりとはわからんけどな。なんとなくそうじゃないかと思っただけたい。ただ、その存在を公表していないガーディアン・ベルとまったく同じものを、いま、このタイミングで作りたいという女が現れるのも、偶然が過ぎる気がする。柳下は、あれは望月のために作ったものだからと断ったそうやが、技術的には可能なのかとか、ほかの職人にレプリカは作れるのかとか、食い下がってきたらしか。女は、望月という男のことをヒーローだと言うとったらしいから、どうしても憧れのレーサーと同じものを持ちたい、というふうにも解釈できるが――」

「望月という男が、事件に関与している可能性を否定したいようにも思える」

「その通り」

まったく同じものを作ることができるのなら、遺留品のガーディアン・ベルが望月の持ち物だとは限らない。

「で、どうなの？　レプリカは作れるの」

「柳下が言うには、よほどの腕がない限り、あんだけの細工を再現するのは難しいそうだ。もっとも、腕の立つ職人が、ほかの職人の作品と同じものを作れと言われて、気持ちよく引き受けるとも思えないが、とも言いよった。その上で、遺留品の写真を見せてみたら、自分が作ったもので間違いないと、太鼓判を押された」

潤は望月と知り合いなのか？

知り合いの望月が殺人事件に関与しているかもしれないと考えて、独自に捜査している？

私たちに隠れて？

あまりいい想像が浮かばない。木乃美は軽くかぶりを振った。

「でも、そのガーディアン・ベルを作りたいって言ってきた女が、潤だと決まったわけじゃないよね」

「そうたい。それをおまえにたしかめてほしい」

「私が？」

驚いて自分を指差すと、坂巻が頷いた。

「女は名乗らなかったようだが、柳下の印象だと年齢は二十代半ばぐらい。身長は一六五センチ前後で女性にしては背が高く、すらっとした体格だったらしい。髪型はショートボブ。ややきつい印象はあるものの、目鼻立ちは整っとって、どちらかといえば美形に分類されるような顔立ちやったそうだ。そしてシンプソンというブランドのバイクジャケットを着とったそうやから、ふだんからバイクを乗り回しとるんやろう」

木乃美は背中が冷たくなっていく感じがした。潤かもしれない、と前置きされたせいか、坂巻が潤の特徴を述べているようにしか思えない。

話を終えると、坂巻は「な。まるで川崎のことだろう?」と念を押すような顔で、木乃美を見た。

「む、無理だよ」

無意識に後ずさっていた。

「女が『白狼工房』に現れたのは、三日前の昼だったらしい。その日、川崎はなにしとった」

三日前……記憶を辿《たど》ってみる。

昨日が非番日、一昨日が当番勤務日。
思わず息を呑んだ。
坂巻の真《ま》っ直《す》ぐな眼差しが、圧力をかけてくる。
三日前は非番日。
潤がなにをしていたのかは、わからない。

3rd GEAR

1

鶴見橋南側の交差点を通過しながら左に目をやると、駐車場にライトグリーンのバイクを発見した。すでに潤は到着しているらしい。

木乃美はNC750Xの左ウィンカーを点灯させ、駐車場に進入する。ニンジャ250Rに並べてバイクを止めた。すると敷地内にあるコンビニエンスストアから、タイミングよく潤が出てきた。木乃美に気づき、ビニール袋を提げていないほうの手を軽く上げる。

「おはよう。早かったね」

「潤のほうこそ、早くない？」

待ち合わせは二十分後だった。

「朝ごはん、ここで食べようと思って」

潤は白いビニール袋を掲げた。

「そういうことか」

「すぐ食べちゃうから、ちょっとだけ待ってて」

「急がないでいいよ。ゆっくり食べて」

「ありがとう」

潤はバイクのシートにもたれかかり、ビニール袋からサンドイッチとパックの野菜ジュースを取り出した。木乃美は、潤の黒いジャケットの左右の腕の部分に縫い付けられたワッペンをさりげなく確認する。『SIMPSON』という文字が見えて、気持ちが沈んだ。

――信じるって、そういうことなんか？

昨日、坂巻に言われた言葉が鼓膜に蘇った。

私は潤を信じている。かりに『白狼工房』を訪ね、遺留品のガーディアン・ベルと同じものを作って欲しいと言った女が潤だったとしても、それを私に打ち明けないのには理由がある。隠しているのではなくて、まだ話していないだけだ。打ち明けるべきときが来れば、必ず自分から打ち明けてくれる。だから、潤の秘密を暴くような真似はしたくない。そう言って、坂巻の頼みを断ろうとしたときの言葉だった。

――親友だから信じたいって気持ちはわかる。けど、信じたいから全肯定するってのは、どうかと思うがな。どんなにすぐれた人格の持ち主だって、間違いは犯すやろ。おれも、本田も、川崎もな。そういうとき、見て見ぬふりするんじゃなくて、間違いを正した上で、それでも味方でいてやるっていうのが、本当の友情っていうもんじゃないとや。

――潤は間違いを犯したわけじゃない。

木乃美は反論した。

――たしかに、彼女がプライベートでどこに行こうが、なにを嗅ぎ回ろうが勝手たい。だけど、少なくともガーディアン・ベルの存在は、まだ世間に公表しとらん。いわば職権で知りえた情報やろうが。それを利用して動き回るのは、ちぃーとばかり問題やないか。それに、みなとみらい分駐所でおれがガーディアン・ベルについての情報を求めたとき、川崎はなにも言わんかった。身内にたいして、意図的に情報を隠したことは、揺るがない事実たい。もしも望月が事件に深くかかわっとった場合、あるいは犯人やった場合、後のちになって川崎と望月のつながりが判明したりしたら……どういうつながりがあるのかは知らんが、捜査妨害ということになりかねんぞ。

そして最後に坂巻の発した言葉が、木乃美の胸を深く抉《えぐ》った。

——おれには、本田が真実を知ることを恐れとるように思えるがな。秘密を知って、それでもなお、川崎を受け入れることができるのか、親友でいられるのか。自信がないだけたい。信じるなんて綺麗《きれい》ごと言うて、真実から目を背けとるだけやろうが。

「私たち、なにげにここらへんに縁があるよね」

潤の声で我に返った。

潤はサンドイッチをぱくつきながら、懐かしそうに目を細めている。その方角には鶴見川がある。

「そういえばそうだね」

木乃美はとっさに笑顔を繕って、潤と同じ方向を見た。

鶴見川の堤防に並んで腰かけ、語り合ったことがある。それまではぎくしゃくしていた二人の関係が、いっきに近づくきっかけになった出来事だった。

「あんときさ、木乃美、言ってくれたじゃん。悩んでることがあったら打ち明けて欲しい。一緒に悩みたい……って。あれ、嬉しかった」

しみじみとした口調が、木乃美の心にさざ波を立てる。

なぜあのときは、あんなことが言えたのだろう。

そしてなぜいま、同じことが言えないのだろう。

「それまでは、木乃美のこと舐《な》めてたんだよね。でもあのとき、真っ直ぐに私のことを見て気持ちを伝えてくれる木乃美と接して、あ、この人、私なんかよりぜんぜん強いんだなって思った」

そんなことはない。

いまだって、潤が独りで悩んでいるのはわかっている。

なのに、私は……。

ずずず、と音を立てて野菜ジュースを飲み干してパックを握り潰し、潤が笑う。

「なんか青いよね、うちら。青春してたよね」

すごく寂しそうな笑顔だと思いながら、木乃美も微笑んだ。

「いまでも青春だよ」

「木乃美はそうだよね。脇目も振らずに夢に向かって進んでる」

潤がゴミをコンビニ前のゴミ箱に捨て、ヘルメットをかぶってニンジャ250Rのエンジンを始動させる。

「今日も箱根のリハーサル、だよね？」

木乃美を振り向いた顔が、いたずらっぽく片目を瞑《つぶ》った。


この前と同じように箱根駅伝のコースを走って、芦ノ湖に向かった。およそ二時間の道のりだ。

箱根駅伝ミュージアムの横の道を通って往路のゴール地点を通過し、駐車場に入ると、湖面の向こうに富士山が見える。

空いたスペースにバイクを止め、徒歩で湖のほうに歩いた。

「しっかし、気持ちいい天気だな」

潤が両手を突き上げ、大きな伸びをする。

「やっぱりここまで登ってくるとだいぶ涼しいね。ちょっと秋っぽい感じもする」

木乃美は天を仰ぎ、澄んだ空気を思い切り吸い込んだ。

「そりゃ気が重いな」

「どうして」

「だって、秋が来たら冬はもうすぐじゃん。冬のパトロールは寒すぎて地獄だろ」

「夏も暑すぎて地獄じゃない」

「それもそうだけど」

二人で笑った。

潤が思い出したように言う。

「そういえば木乃美、あれどうしたんだ。全国大会。中隊長にもう返事したの」

「そのことなんだけど……」

言いにくそうにする木乃美を、潤はせっついた。

「どうしたの。思ってることがあるなら言いなよ」

「潤、誤解してるみたいだけど、私、選ばれてないから、全国大会の出場選手に」

「だってこの前、中隊長に呼ばれてたろ?」

「呼ばれたよ。でも、全国大会に出ないかという用件じゃなかった」

「嘘だ」

潤が信じられないという顔をする。

「潤は、どうしてそういう話だと決めつけたの。私が中隊長に呼ばれたってだけで」

「えっ。だって……それは、それ以外にない、じゃん」

　珍しくしどろもどろになる。

　木乃美は微笑んだ。

「潤。私の前に中隊長に呼ばれてたんでしょう。そこで全国大会出場を打診されたんだよね。でも自分は競技会には出るつもりはないって断って、代わりに私を推薦してくれた」

　潤がはっとした顔でこちらを見た。

「私はね、中隊長から、全国大会に出ないかって言われたんじゃないの。なんとか潤を翻意させてくれないか、って相談されたの」

「そうだったのか……」

　潤が長いため息を吐《つ》いた。面倒くさそうに髪をかく。

「中隊長も、なんであんなにしつこいんだか」

「自分の中隊から全国大会に送り出すっていうのは、名誉なことだしね。気持ちはわからなくもないよ」

「だけど私は、予選会にも出てない。予選会の上位入賞者から選抜すればいいだけの話じゃないか。木乃美の夢を否定するわけじゃないけど、人前に出ていろいろやるのって、私には性に合わないんだ」

「中隊長からも言われたと思うけど、もともと出場予定だった太田さんの推薦らしいじゃない。自分の代わりに出場して、上位入賞を狙えるのは潤しかいない、って」

潤は県警内で開催される安全運転競技大会にも、ほとんど出場しない。だが見る人が見れば、取り締まり出発前の慣熟走行だけでじゅうぶんに引きつけられるものらしい。みなとみらい分駐所に所属する凄腕の女性白バイ隊員の噂《うわさ》は、県警全体に広まっているようだ。県警内の競技会で優勝した太田は第二交通機動隊所属なので、仕事で顔を合わせる機会もないが、噂を聞きつけてこっそり潤のライディングを見に来たことがあるという。

「なんだよ木乃美。このところ頻繁に私をツーリングに誘うのは、もしかして中隊長の命を受けて、私を説得しようって魂胆か」

「違う。中隊長には、たぶん無理だと思うって答えたから」

潤が安堵《あんど》したように肩を落とした。

「そんなことより、潤、私にたいしてちょっと失礼だよ」

「木乃美にたいして？」

木乃美は頷いた。

「私はね、たしかにいつか、箱根駅伝の先導をやりたいと思っている。そのためには、安全運転競技大会の全国大会に出て、上位に入賞する必要がある。だけどそれは、実力で勝ち取ってこそ意味があることなの。今年は駄目だったけど、いつか予選会で優勝して、誰も文句を言えないような状況で全国大会に出場したい。私はそれができると思ってる。だから、潤の推薦なんて必要ない」

真剣な表情で話を聞いていた潤が、こくりと頷く。

「そうだよね。悪かった」

「気持ちはすっごく嬉しいけど」

木乃美が笑いかけると、はにかんだような笑顔が返ってきた。

「でも潤、本当に出ないの」

「出ないよ。言ったろ。苦手なんだ。柄じゃない」

潤が手をひらひらとさせる。

「得意とか苦手じゃなくて、出るべき人って、いると思うんだけどな」

潤の表情に警戒が浮かんだのに気づいて、「あ。説得しようとか、そういうのじゃないから。聞き流して」と両手を振った。

「なんか、もったいないじゃない。人の心を揺さぶることのできるようなすごい技術を持った人って、人に見せる使命を負ってるとも思うんだ。それができるのって、選ばれたごく一部の人間だけだから」

「木乃美はいちいち大げさだな」

潤がふっと息を吐く。

「大げさなんかじゃないよ。他人の人生に影響を与えるって、すごいことだと思わない？　私は、箱根駅伝の先導をしたくて神奈川県警に入った」

「そんなの、あらためて言われなくてもわかってる。知らないやついないだろ。テレビで見た、箱根駅伝の先導の白バイに憧れたんだよね」

「すっごくかっこよかった。当時、テレビで見た箱根の先導の隊員の顔とか名前とかけっこう覚えてて、署内とかですれ違ったりすると、いまでもうわあってテンションが上がる。あのとき、テレビで見た白バイ隊員の人だあっ……って」

「それじゃ、うちの班長のことも？」

潤が冷やかす調子になる。

「もちろん。最初はすごく嬉しかったよ。あの山羽巡査長の下で働けるのか、って。あくまで最初だけは、だけど」

潤が笑った。

木乃美は続ける。

「とにかくさ、誰かのヒーローになれるって、すごいことだと思う。私が潤の立場なら、喜んで名乗りを挙げちゃうけどな」

「ヒーロー……か」

またあの寂しげな笑顔だと、木乃美は思った。

「潤にもいるんでしょう、ヒーロー。何が起こったとしても、どんな嫌な面を垣間《かいま》見《み》てしまったとしても、いつまでも特別な存在であり続ける、大事な存在が……」

話しながら、言うべきか、言わざるべきか迷っていたが、最終的には坂巻の言葉に背中を押された。

――おれには、本田が真実を知ることを恐れとるように思えるがな。秘密を知って、それでもなお、川崎を受け入れることができるのか、親友でいられるのか。自信がないだけたい。信じるなんて綺麗ごと言うて、真実から目を背けとるだけやろうが。

違う。

私はなにを知っても、潤の味方だ。

「望月隆之介」

潤が大きく目を見開いた。

確信する。潤は望月を知っている。

「赤レンガで起きた殺人事件の遺留品だったガーディアン・ベルの持ち主って、その人らしいね。有名なオートバイ・ロードレーサーだったって、部長から聞いた。いま捜査一課が、望月の行方を追っているらしいよ」

「……そう」

無表情で平坦《へいたん》な声音。

懸命に動揺を隠そうとしているときの潤だ。

「潤。非番日に横須賀のアクセサリーショップに行った？　潤によく似た女の子が、望月のものと同じガーディアン・ベルを作りたいと言ってきたらしいけど」

視線を逸《そ》らしていた潤が、身体ごと回転して背を向ける。

その背に、木乃美は思いをぶつけた。

「潤と望月がどういう関係だったのか、私は知らない。けど望月という男は、殺人事件の参考人として捜査一課に追われているの」

「わかってる」

潤は振り向かなかった。

「木乃美さ……」

「なに」

「私を疑ってる？　もしもその望月って男が殺人犯だとして、もしも私と望月になんらかのつながりがあるとして、私が望月をかばうと」

「信じてる。私の知ってる潤なら、ぜったいにそんなことはしない」

しばらく沈黙があって、潤の背中が言った。

「ありがとう……」

かすかに語尾が震えている。

「悩んでいることがあったら打ち明けてほしい。私も一緒に悩みたい。前に私はそう言った。そのときの気持ちは、いまでも変わらない」

「ありがとう」

潤の鼻をすする音に合わせて、肩が上下した。

「もうちょっとだけ……もうちょっとだけ、時間をくれないかな。心の整理がついたら、必ず話すからさ」

潤は一歩も動いていないのに、その背中が遠ざかったように、木乃美には思えた。

2

「ねえ。木乃美ちゃん。木乃美ちゃんってば」

誰かに肩を叩かれて我に返る。

成瀬博己が立っていた。

前方の路側帯にはマスタングが停車しており、運転席から丸山淳也が顔を出し、こちらに手を振っている。

新横浜駅近くの路上だった。一時停止線を見落としがちな違反多発地帯で、先ごろも一時停止線を無視して交差点に進入した車両と、右から直進してきた車両が衝突事故を起こした。木乃美はドライバーに注意を促すために、あえて目につきやすい場所に立つ『立番』をしていた。現金なもので、白バイ隊員が姿を見せることで、見落とされがちなはずの一時停止線が見落とされることは、ほとんどなくなる。

「なんだ」

ただのイケメン若手俳優か。

あからさまに興味を失った木乃美に、成瀬は不服そうに口を尖らせる。

「なんだ、ってことはないだろう。お金をいくら払ってでもおれに会いたいって女の子は、全国に何万人といるんだぜ」

「そうなんだ」

自分でも不思議だが、いっさい心が動かない。憧れは憧れのままで留めておいて、直接会おうなどと考えないほうがいいのかもしれない。

「どうしてあなたがここにいるの」

「ファンからの情報さ」

成瀬は得意げにスマートフォンを掲げてみせた。

「ファンから？」

「ほら。おれ、ＳＮＳとかやってて、フォロワーの数がついにこの前、百万人超えたじゃん」

「知らないし」

知りたくもないし。

「潤ちゃんに切符切られて免許取り消し食らった騒動で、フォロワーがいっきに十何万人増えたんだよね。そういう意味では、潤ちゃんに感謝しないとさ」

「フォロワーが増えたことよりも、取り締まりを受けたことで安全運転への意識が高まったことを感謝したほうが、潤も喜ぶと思うけど」

「わかってるよ。そっちも感謝はしてる」

あくまでおまけのような口ぶりで言い、続ける。

「そういうわけで、おれもけっこう影響力あるからさ、潤ちゃんを見かけたら知らせて欲しいって、SNSで呼びかけてみたの。そしたら、ここにボーッと突っ立ってる若い女の白バイ隊員がいるってタレコミがあったから、淳也に頼んで駆けつけてみたってわけ。結局、また潤ちゃんじゃなくて木乃美ちゃんだったんだけど——」

「なんですって？　いまなんて言った？」

さすがに聞き捨てならない話だ。木乃美は成瀬に詰め寄った。

「え……だから、SNSで潤ちゃんを探して……」

「なんてことするの！　あなたもしかして馬鹿なんじゃないの」

もしかして、ではない。間違いなく馬鹿だ。最初から薄々勘づいていたが。

木乃美はポケットからスマートフォンを取り出し、成瀬の名前を検索した。検索結果に本人名義のSNSアカウントが表示されたので開いてみる。

次のような文章が投稿されていた。

——【超拡散希望】僕を取り締まってくれた女性白バイ隊員のことが頭から離れない。また逢《あ》いたい。情報求む。

目眩《めまい》がした。いまにも卒倒しそうなのをぐっと堪え、成瀬を睨みつける。

「いますぐ削除して！」

「どうしてさ。個人情報に配慮して、名前は出してないよ」

「余計にたちが悪いわよ。こんな書き方したら、女性白バイ隊員全員が迷惑をこうむるじゃないの」

そういえば、何度か通行人にじろじろ見られた気がする。成瀬の投稿のせいだろうか。

「それじゃ、潤ちゃんの名前を出せばいいの？」

「そんなわけないでしょ。なに考えてるの！」

「だって潤ちゃんが連絡をくれないから……木乃美ちゃん、本当におれの連絡先、渡してくれた？」

疑わしそうに目を細められ、かちんときた。

「渡したわよ」

「それならなんで連絡くれないのさ」

「知らない。忙しいんじゃないの」

一度しか会ったことのない男から連絡先を渡されたところで、ほいほい連絡する女のほうが稀《まれ》だろうに。

いや、若手イケメン俳優となると、連絡してくるのが当然なのだろうか。

その傲慢さに腹が立つ。

「っていうか、私も忙しいんだけど。さっさとそのSNSの投稿を削除して、ここから消えて」

「ええっ。木乃美ちゃんは暇でしょう。だっておれが声かけてもしばらく気づかないぐらい、ボーッとしてたじゃん」

「忙しいったら忙しいの！」

虫を追い払うように手を振ったそのとき、無線機が注意喚起音を発した。

続いて、元口の興奮気味な声が聞こえる。

『こちら交機七三！　例の幽霊ライダーだ！　このあいだと同じ偽造ナンバーのRS250！　見つけた！　当該車両は横浜市緑《みどり》区の環状四号線を北へ逃走中！

たったいま、若葉台《わかばだい》西側交差点を通過！　応援願いたい！　A分隊、聞いてるか！』

けっして近くはないが、方角的にはこちらに向かっているようだ。

こうしてはいられない。

「それじゃね！」

「ちょっと待ってよ！　木乃美ちゃん！」

木乃美は素早くシートを跨ぐと、エンジンをかけ、思い切りスロットルをひねって成瀬を置き去りにした。

3

『こちら交機七三！　幽霊は県道一〇九号線から中原《なかはら》街道へ、そこから緑《みどり》産業道路に入ってらぽーと横浜前を通過！』

元口からの経過報告が入る。

木乃美はちょうど緑産業道路に入ったところだった。このまま幽霊ライダーと元口が方向転換しなければ、対向車線ですれ違うことになる。

木乃美は無線交信ボタンを押した。

「交機七八から交機七三。新羽《にっぱ》駅近くの緑産業道路を通過してそちらに向かっています」

『よしきた、本田！　挟み撃ちだ！』

木乃美は新羽十字路を通過し、しばらく走ったところでブレーキを握った。片側一車線ずつの道幅が細くなっており、両側が高い石垣になっている。

交通量はそれほど多くない。

ときおり通過するトラックをやり過ごしながら、幽霊ライダーが近づいてくるのを待った。

やがて遠くに見えた。

黒いバイク、黒いヘルメット、黒いレーシングスーツ。本当に黄泉《よみ》の国からやってきた幽霊のような不気味さだ。

少し離れて幽霊ライダーを追う白バイが、元口だろう。

二台はかなりスピードを出しているようだ。米粒のように見えていた影が、みるみる大きくなる。

木乃美は幽霊ライダーの先行車両がすべて通過するのを待って、方向転換をした。

中央線を跨ぎ、CB1300Pを道路にたいして垂直になるように止める。白バイを使ったバリケードだ。よほど恐怖心が麻痺《まひ》していない限り、停止しないわけにはいかないだろう。

スロットルを握り、顔だけをひねって幽霊ライダーを待った。

近づいてくる。

速い。

速度が落ちない。

幽霊ライダーは、ミラーシールドのヘルメットをかぶっていた。

ライダーの顔は見えない。

ミラーシールドに、木乃美の恐怖に歪む顔が映る。

止まる気は……ない――！

木乃美は思わず地面を蹴り、バイクを前進させて避けていた。

その直後、がら空きになった空間を風が通り抜ける。

間を置かずに元口のバイクも通過する。

慌てて方向転換をし、二台の後を追った。

『おいおい、しょうがねえな！』

無線で元口に叱責されたが、木乃美には無線交信ボタンを押す余裕もない。

「すいません！」

二台はあっという間に遠ざかる。

が、ほどなくすさまじい白煙が上がった。

事故……!?

ひやりとしたが、違ったようだ。

前方から幽霊ライダーが突進してくる。

「う……嘘！」

木乃美が言葉を発したときには、幽霊ライダーは隣をすり抜けていた。

あのスピードでUターンしたというのか。

RS250のほうが白バイよりも格段に車体が軽く、小回りも利く。だがそれにしても信じられない。曲芸のようだ。

さすがの元口も置いてけぼりを食らったらしい。慌てた様子で、小道路旋回で方向転換しているのが見える。

『なんなんだあの動きは！　モノホンの幽霊じゃないのか！』

木乃美も小道路旋回でUターンし、幽霊ライダーを追った。

緑産業道路から中原街道、八王子《はちおうじ》街道と移動する。

正直なところ、追いつける気がしない。見失わないようについていくのが精一杯だ。

元口も同じ気持ちのようだった。

『畜生！　やべえな！　あいついったい何者だ！』

弱気になっているのが声でわかる。

それにしても、とんでもない技術の持ち主だ。公道のスペシャリストである白バイ隊員とは少し違うベクトルを感じさせるライディング。白バイ隊員がマシンと一体化するようなライディングとすれば、幽霊ライダーはマシンと格闘しているように思える。マシンを叱咤《しった》し、追い込み、限界を引き出そうとしているようだ。

幽霊ライダーは境川《さかいがわ》を超えて大和《やまと》市に入った。

そのとき、無線から梶の声が聞こえてくる。

『こちら交機七二。例の幽霊はどこらへんだ。見失ってないだろうな』

木乃美は無線交信ボタンを押した。

「追尾中です。県道五〇号線から聖セシリア学園の交差点を右折。中央林間《ちゅうおうりんかん》駅方面に向かっています」

『梶さん、いまどこですか？　グズグズしてっと、おれらだけでとっ捕まえちまいますよ！』

元口は懸命に虚勢を張りながら、ＳＯＳを発信している。

『ちょっと待ってろ。いま班長と合流した』

すぐに山羽の声が引き継ぐ。

『交機七一からＡ分隊。ただ追尾しているだけじゃ、埒《らち》が明かないだろう。対策を練る。追尾を継続しつつ、逐一、現在地を報告しろ』

「了解」木乃美が応じる。

『急いでください！　マジでお願いしますよ！』

元口は懇願口調になっていた。

幽霊は大和市の住宅街を走り回る。

木乃美と元口はときおり、二手に分かれて挟み撃ちを試みたが、そのたびに裏をかかれて引き離された。技術だけでなく、かなり土地勘もあるようだ。

幽霊と木乃美たちは追いかけっこをしながら相模原《さがみはら》市に入った。横浜市で始まった追跡劇が、ついに二つの市境を超えて、消耗戦の様相を呈してきた。しかもより消耗しているのは、木乃美と元口のほうだ。いつまでついていけるか、いつ追跡を諦めるかという心境になっている。

やがて無線から聞こえた山羽の声が、天から垂らされた蜘蛛《くも》の糸のように思えた。

『二人とも待たせたな。まだ県道五〇七号線を北上中で間違いないか』

「はい！　いま相模台《さがみだい》五丁目の交差点を通過！」

幽霊ライダーは先行車両を追い抜き、ときに対向車線にはみ出しながら逃走を続けている。けっして許されるべきでない危険な運転だが、不思議なことにふだん違反者を追うような、一つ間違えば大事故につながるのではないかという、ハラハラした気持ちにはならない。速度を緩めることなく、ほんの小さな隙間をめざとく見つけて滑り込んでいく幽霊ライダーは、ネズミかなにかの小動物のようだ。

『そのまま追い込め。麻溝台《あさみぞだい》八丁目の先で道路を封鎖する』

「了解！」

木乃美が返事するのに合わせて、斜め前方を走る元口も軽く頷いた。

麻溝台八丁目の交差点を通過する。

その後、細い道と交わる四《よ》つ辻《つじ》を二つ通過。

二つ目の四つ辻を通過しようとするとき、左側からパトカーが走ってくるのを、目の端で捉えた。前方の四つ辻からも、パトカーが二台現れて道路を塞ぐように止まる。前後を封鎖して逃げ場をなくそうという作戦のようだ。

元口のバイクが速度を落とす。

それにならって、木乃美もスロットルを緩めた。

前後の道路はパトカーによって封鎖され、右側には自動車ディーラーのショールーム、左側は土が堤防のように盛られている。その向こう側は運送会社だろうか。大型トラックが横並びになっていた。

もう逃げ場はない。

現場の空気は緊張でぴんと張り詰めていたが、勝利への確信が、ほんのわずかな気の緩みとなったのかもしれない。

甲高いブレーキ音とともに、前方で盛大な白煙が巻き起こる。

Uターンしたか。

こちらに向かってくる?

木乃美はハンドルを握り直し、身構えた。先ほどと違うのは、後方にもパトカーが控えている点だ。大丈夫。幽霊ライダーはもう逃げられない。

だが。

「えっ……!」

幽霊ライダーはたしかにUターンしたようだったが、走っているのは車道ではなく、歩道だった。木乃美の進行方向から見て左側の歩道を、こちらに向かって走ってくる。

そして元口と木乃美の隣を通り過ぎる。

急いで小道路旋回をし、後を追うが、車道と歩道は生け垣で隔てられている。歩道に進入できない。

幽霊ライダーの進む先の歩道を見る。

ばたばたと集まってきた制服警官のうちの一人が、幽霊ライダーに向けて拳銃をかまえた。

「止まれ！　止まらないと――」

だが制服警官が言い終えるよりも早く、幽霊ライダーは車道とは反対側にステアリングを切った。

そこは土の堤防だった。

RS250は助走の勢いそのままに、急斜面をのぼる。

そして、飛んだ。

一連の動きが、木乃美にはスローモーションに見えた。

天に向かって飛び出したRS250が、太陽と重なってくっきりとしたシルエットになる。このまま空を飛んでいくのではないか、と思うが、そうはならない。シルエットは下降し、遮るもののなくなった日光が直接、木乃美の網膜に突き刺さる。

眩《まぶ》しい！

木乃美が顔を背けるのと、幽霊ライダーが着地する衝撃音は、ほぼ同時だった。

スローモーションが終わる。

エンジン音が遠ざかり、バイクを降りた元口が堤防を駆けのぼる。

「マジか！　あいつ、着地に成功したぞ！」

追跡続行に向けて、現場が慌ただしく動き始める。

だが不意を衝《つ》かれ、誰もが完全に浮き足立っていた。姿を見失い、エンジン音さえも聞こえなくなり、どの方角を捜索すればいいのかすら見当もつかない。

それでも全員で手分けして捜索を続けていると、ふいに無線に潤の声が乗った。

『こちら交機七四。逃走中の車両を発見。これより追跡を開始します』

元口が応答する。

『交機七三から交機七四。いまどのあたりだ。応援に向かうので所在を報告しろ！　応援に行く！』

潤からの返事はない。

『おい川崎！　聞こえてんのか！　いまどこだ！』

元口が怒鳴りつけるような口調になる。

その声を聞きながら、木乃美はもやもやとした不穏な気持ちが広がるのを感じた。

4

『交機七二から交機七四。返事をしろ』

『交機七三から交機七四。川崎っ！　どうした！　なにやってる！』

『交機七二から交機七四。川崎、無線がいかれちまったか』

梶と元口が交互に呼びかけてくる。

潤は無線交信ボタンに親指を伸ばしかけて、やめた。そんな余裕はない。少しでも気を抜けばすぐに引き離されてしまう。

幽霊ライダーのＲＳ２５０と潤のＣＢ１３００Ｐは、五〇メートルほどの距離を置いて、厚木市の県道六〇三号線を西に進んでいた。

幽霊ライダー。Ａ分隊の同僚たちは逃走車両をそう呼んでいたが、実際に対決してみると言いえて妙だと思う。RS250はタイヤが接地していないのではないかと思えるほどのスムーズなライディングで、先行車両を追い抜き、対向車両をかわしていく。

大胆に車体をバンクさせる豪快さと、繊細きわまりないステアリング捌《さば》き、天性を感じさせる絶妙なアクセルワーク。

幽霊ライダーを追いながら、潤は強烈な既視感に襲われていた。

このライディング、やはり……。

幽霊ライダーは県道六三号線に入り、北に進む。

愛名《あいな》の住宅地に逃げ込む幽霊を追って、潤も住宅地に入った。ふだんならいったん追跡を中断してエンジン音を追うところだが、この相手では、そんなことをすれば二度と追いつけない。

「黒のRS250、止まりなさい！」

拡声で呼びかけたのは、幽霊が指示に従うのを期待したわけではなく、近隣住民に注意喚起するためだった。なにがあろうと、一般市民を巻き込むような事故だけは避けなければならない。

さすがに住宅街での無理な追跡はできない。

じりじりと引き離される。

ふいに、幽霊の前方に、三歳くらいの小さな女の子がふらふらと飛び出すのが見えた。

危ない――！

と、潤が息を呑んだときには、幽霊は巧みなステアリング捌きで女の子を避けていた。

ほっと安堵したのも束《つか》の間《ま》、思いがけず詰まったＲＳ２５０との距離を、潤は不可解に思った。

潤がスピードを上げたわけでもないのに、なぜ。

その答えはすぐにわかった。

幽霊は軽く顔をひねり、左バックミラーで後方を確認している。おそらく飛び出してきた女の子の身を案じているのだ。

転倒した女の子は、母親らしき女性に抱かれ、声を上げて泣いている。

女の子の無事を確認して安心したように、幽霊はふたたびスピードを上げた。潤もそれを追ってスロットルをひねろうとしたそのとき、無線から木乃美の声がした。

『交機七八から交機七四。私は信じてるから！』

潤にだけ伝わるメッセージだ。
わかってるよ、木乃美。
私は、警察官だ。
片側二車線の広い道に出た。
幽霊ライダーはさらに速度を上げ、芸術的なライディングで潤を引き離しにかかる。
潤も歯を食いしばってついていく。
スロットルは緩めない。
普通のバイクに比べてバンク角を稼げないぶん、上体を大きく倒すことでカバーする。
私が捕まえないといけないんだ。
ほかの誰でもなく、私が――。
ついに幽霊ライダーに追いつき、すぐ後ろにつけた。
やはり……間違いない。
潤は拡声ボタンに指を置く。
ひと呼吸置いてボタンを押し、幽霊ライダーに呼びかけた。

「止まってください！　望月さん！」

幽霊ライダーが驚いたように振り向こうとし、バランスを崩しかけてすぐに視線を前に戻す。

潤は確信した。

幽霊ライダーの正体は、元オートバイ・ロードレーサーの望月隆之介だ。

少女時代に憧れた、潤にとってのヒーローだ。

ガーディアン・ベルの写真を見たときから、もしかしたら、と思っていた。元口と梶という百戦錬磨の白バイ隊員二人を相手に、逃げ切れるライディングテクニックの持ち主など、そうそういるものではない。そして今日、実際に走りを見た瞬間に、視界が暗くなる感覚に襲われた。この走りを見たことがある。そう思った。思い違いであって欲しい。そう願いながら追いかけたが、走れば走るほど、疑念は確信へと変わっていった。

「望月さん！　お願いです！」

祈るような気持ちだった。

幽霊ライダーのライン取りの乱れに、明らかな動揺が覗く。ステアリングが揺れて、速度がわずかに落ちる。

完全に追いついて、左にRS250、右にCB1300Pと並走するかたちになった。

幽霊ライダー——いや、望月が、わずかにこちらに顔をひねる。

ミラーシールドのヘルメットなので、相手の顔は見えない。

だが潤には見えた。

やや面長な輪郭が、天然パーマで軽くウェーブのかかった髪が、意志の強そうな眉と、穏やかな光を宿した瞳が。

かつて憧れたヒーローの面影が、無機質なミラーシールドのヘルメットに重なる。

「望月さん！」

ふいに、RS250がこちらに幅寄せしてきた。車体ごとぶつかってくる。

「なっ……」

慌ててステアリングを右に切って避ける。

その瞬間、気づいた。

目前に中央分離帯の敷石が迫っている。このままでは乗り上げてしまう。

先ほどまでよりさらに大きくステアリングを切り、上体を思い切り右に倒した。

ぶつかる——！

すんでのところで避けられた。

しかし潤の白バイは対向車線に侵入してしまっている。

前方から大型トラックが近づいていた。

けたたましいクラクションとブレーキ音が響く。運転席のドライバーと目が合う。

ドライバーは目と口を大きく開いた、驚愕《きょうがく》の表情だった。

今度こそぶつかる――！

思考はすっかり停止していたが、身体が勝手に動いた。逆操舵の状態から、ステアリングをいっきに右に切り、車体を思い切り倒し込む。ステアリングを戻しながら、地面すれすれまで目線が落ちた状態を保ち、マシンがターンを終えようかというタイミングでスロットルを開いて発進。

大型トラックはあと十数センチというところまで迫っていたが、潤がとっさにターンして逃げた数メートルのおかげで、なんとか衝突を回避することができた。

「馬鹿野郎！　なにやってんだ！　死にたいのか！」

急停止したトラックの運転席から、罵声が飛んでくる。

潤は止めたバイクのシートに跨《また》がったまま背後を振り返り、望月の走り去った方向を呆然《ぼうぜん》と見つめた。

5

「本当にすみませんでした」

潤は深々と頭を下げた。

分駐所の事務所には、定時になったからと言ってさっさと帰宅した分隊長の吉村を除くA分隊全員のほか、県警本部捜査一課から峯と坂巻がやってきていた。

「どういうことだよ。現在地も伝えずに一人で突っ走りやがって」

元口にはそれが一番許せないようだ。

「スタンドプレーは厳禁。そんなことがわからないような、おまえじゃないよな。どうしてあんなことをした」

梶は諭すような口調だった。

「すみませんでした」

「謝れって言ってるんじゃない。理由を言え。まさか手柄を独り占めしたかったとか、そんなくだらないこと言い出さねえだろうな。あ？」

怒りのあまり、元口の口調はヤンキー時代のそれに戻っている。

「違います。潤はそんな自分勝手な理由で動いたりしません」

木乃美が弁護してくれた。

元口がむっとした顔で木乃美を睨む。

「なんだよ本田。おまえ、川崎のスタンドプレーの理由がわかってるのか」

「わかってる……というほどじゃないかもしれないけど、なんとなく想像は……」

「それでなんで、おれたちに黙ってたんだよ」

「それは……」

木乃美がうつむく。

「木乃美は悪くありません。私がちゃんと説明しなかったのが、いけなかったんです」

「だろうな。おまえが一番悪いよ」

喧嘩腰《けんかごし》の元口を、梶がたしなめる。

「元口。もうそれぐらいにしておけ。川崎にだって事情があったんだ。だよな？　川崎」

潤は視線を落とした。自分のしたことに、仲間を欺いて迷惑をかけるほどの正当性があったと、胸を張ることはできない。

「それぐらいにしておけ。おまえたちの内輪揉めを聞かせるために、お忙しい二人に来てもらったわけじゃないぞ」

腕組みで話を聞いていた山羽が、峯と坂巻を顎でしゃくる。

「川崎。一課の捜査に協力するんだ。知っていることをぜんぶ話せ」

「わかりました」

「よろしくお願いします」

山羽にバトンを渡され、峯は会釈で応じた。

それから微笑を湛え、潤に質問する。

「川崎さんは、望月隆之介と知り合いなのかな」

「そうです」

「望月って誰だよ」

口を挟む元口の肩を「おまえは黙ってろって」と梶が揉む。

坂巻が説明した。

「この前こちらにお邪魔して、ガーディアン・ベルの写真をお見せしたでしょう。あれは望月隆之介という男が、横須賀のシルバーアクセサリーショップでオーダーメイドしたものだと判明しました。捜査本部では現在、望月の行方を追っとります」

　元口と梶は、目をぱちくりと瞬かせている。

「横須賀の『白狼工房』を訪ねたとは、川崎な？」

　坂巻の質問に、潤が頷く。

「私です。坂巻さんから遺留品のガーディアン・ベルの写真を見せられたとき、それが望月さんの持っていたのと、同じものじゃないかと思いました。望月さんが事件に関係しているのかもしれない。そう思ったけど、否定したい気持ちも強かった。だから、望月さんがあのガーディアン・ベルを作ったお店に行ってみたんです。もしもあのガーディアン・ベルを持っている人がほかにもいたり、そうでなくとも、同じものを作るのが比較的簡単だとすれば、あの遺留品が望月さんのものだとは断言できない。そう考えました」

「店のオーナーによると、あのガーディアン・ベルの表面に彫った天使の顔は、望月の一人娘に似せたものだけん、別の客のために同じものを作ったりはしない。かりにほかの職人が再現するとしても、相当な技量が必要になる、ということでした。そして遺留品の写真を見せたところ、自分が作ったものに間違いないと明言しました」

潤は目を閉じた沈痛な面持ちで、坂巻の話を聞いていた。

梶が我慢ならないという感じに口を挟む。

「その話、あの幽霊ライダーとなんか関係あるのか」

「望月さんは、元オートバイ・ロードレーサーなんです」

潤の言葉に、山羽が反応する。

「望月隆之介。思い出した。良いバイク乗りだったな」

「班長。知ってるんですか」

梶が訊いた。

「一時期はかなり将来を嘱望される存在だったから、その世界にちょっと興味があれば名前ぐらいは知っていると思うぞ。だがおれたち神奈川県警の交機隊員なら、そうでなくても知っている名前だ」

ぴんと来たらしい。梶が目を見開く。

「あれだ。あの事件ですね。あの望月か」

「そう。あの事件」山羽が頷いた。

「あの事件って?」

元口が答えを求めるように、梶を見た。

「あれだよ、あれ。五年前ぐらいに藤沢《ふじさわ》で起きた、ひき逃げ事件」

元口も思い出したようだ。

「あれか。現役のバイクレーサーが起こした事件っていうので、全国ニュースにもなった……」

そこでぴたりと動きを止める。

「そういうことか。幽霊ライダーのあの異常なライテク……」

「幽霊は望月だ……ってことか？」

梶に確認され、潤は頷いた。

「元口さんと梶さんが二人がかりでも捕まえられなかったというRS250の話を聞いた時点では、そんなことを考えもしませんでした。だけど坂巻さんがガーディアン・ベルの写真を持ってきたとき、私の中で二つがつながったんです」

「望月は殺人事件に関係している。だから元口の職務質問から逃げた。元口と梶、二台の白バイの追跡を振り切ってみせたのは、望月が元プロのロードレーサーだったから」

山羽が話をまとめた。

「そういうことか。なんか、ちょっとホッとした」

なぜか元口が胸を撫でおろす。

「なんで」梶は不審げな横目で元口を見る。

「だって、相手はいちおうプロだったわけでしょう。アマチュアに負けたと思って、けっこうへコんでたんですよ」

「馬鹿か。いくらプロのオートバイ・ロードレーサーとはいえ、公道でかっ飛ばす権利なんて与えられてないんだ。ってことは、おれらが負けた相手はアマチュアだよ」

「まあ、そうなんすけど、ただのアマチュアじゃなかった……ってことで」

「おめでたいやつだよ、まったく」

梶はあきれた様子で肩を上下させた。

「どうしても私が捕まえたかったんです。もしも望月さんが人を殺したのなら、あの人に手錠をかけるのは、私しかいない。そう思っていました。そうやって報告を怠った結果、殺人事件の参考人の逃亡を許してしまいました。謝って済むような問題でないのはわかっていますが、本当にすみませんでした」

ふたたび腰を折る潤に、峯が訊いた。

「どうして、自分で捕まえたいと思ったのかな」

「それは……」

　潤が言いよどむ。

「望月とは、どういう関係だったんだい」

「厚木のバイクショップに集まるバイク仲間でした……というと、まるで偶然その場所で知り合ったみたいですが、実際には、そうじゃありません。望月さんがプライベートでよく行くバイクショップだと雑誌で紹介されていたから、私はその店に通うようになったんです」

「それ本当？」

　よほど意外だったらしく、木乃美の目が真ん丸になっている。

「本当。望月隆之介は思春期のころの私にとって、憧れの存在だった。ほら、私、神奈川県警に入る前に一年浪人しているじゃない？　東京で一人暮らしして予備校に通ったんだけど、上京してまず行ってみたのが、望月隆之介行きつけのバイクショップ――厚木にある『モトショップ　オオムラ』だった。もっとも東京のアパートから厚木までは、下手《へた》したら埼玉の実家に帰るのと同じくらい遠かったけど」

　笑おうとしたが、たぶん上手く笑えていない。木乃美は痛々しげな顔をしている。

「最初は望月さんへの憧れしかなかったけど、その店の店長さんがすごくよくしてくれて、初めてのバイクもそこで買った。店長さんの人柄のせいか、その店はバイク好きのたまり場みたいになっていて、いつもみんな集まっては、バイクの話をするんだ。望月さんもレースの合間に遊びに来ることがあった。最初に会ったときには、本物の望月隆之介が目の前にいるのが信じられなくて、嬉しくて、わけがわからなくなって、泣いちゃったんだよね」

「潤が？」木乃美は唖然《あぜん》としている。

「笑っちゃうだろ。そんなキャラじゃないのに」

「笑わないよ。気持ちはすごくわかる」

潤は木乃美に微笑みかけ、峯を向いた。

「そういう関係です。私にとって、あの人は青春の象徴のような存在でした。だから自分の手で、自分の青春に決着をつけたかったんです。でもそれは、私の個人的な感情に過ぎません。A分隊のみんなと連携するべきでした」

峯がふむふむと顎を触る。

「なるほど。話はわかった。だがその幽霊ライダーが望月だと結論づけるのは、早くないかな。はっきり顔を見たわけでもないんだろう」

「追跡中にマイクで名前を呼んでみたところ、かなり驚いた様子でした。あれほどのライディングテクニックの持ち主が日本に何人いるのかということから考えても、幽霊ライダーは望月とみて間違いないと思います。幽霊は望月です」

あえて「望月」と呼び捨てにした。

心の奥のほうで、なにかが音を立てて崩れていく。そんな気がした。

6

潤は独身待機寮の自室に戻り、ベッドに身を横たえた。

全身が疲れ切っている。しかし目を閉じても、睡魔が訪れる気配はない。

だからといって起きてなにかをする気力も湧いてこず、ときおり寝返りを打ちながら眠くなるのを待った。

幽霊ライダーの正体は望月隆之介だ。間違いない。

『モトショップ　オオムラ』の店長・大村によると、ひき逃げ事件を起こして以後、望月は店に顔を出さなくなったという。『白狼工房』の柳下も、電話番号を変えられて連絡が取れなくなったと言っていた。坂巻の話では、妻とも離婚しており、現在、住所として登録されているのは、川崎市の簡易宿泊所だという。

まるで自らを罰しようとするかのような、転落人生だ。

私のせい……？

意識的に封じ込めてきた感情が、ふいに頭をもたげた。

私がいたからこうなった。

私さえいなければ、望月はまだオートバイ・ロードレーサーを続けていたのかもしれない。かりに現役を退いたとしても、輝かしい戦績を誇る偉大なライダーとして、幸福なセカンドキャリアのスタートを切ることができたはずだ。

――裏切り者。

鼓膜の奥に過去からの声が聞こえる。いくつもの冷たい視線が向けられているのを感じる。

「そうだよ」

虚空に向けて発した言葉が、やけに大きく響いた。

私は裏切り者だ。

私が望月さんの人生を壊した。

私がオートバイ・ロードレーサー望月隆之介のキャリアを、終わらせた。

4th GEAR

1

画面には道路の向こうに、コスモワールドの大観覧車が映っていた。

大観覧車の中央にある時計のデジタル表示は、二時五分となっている。空は暗く、観覧車自体もイルミネーションが消灯しているので、午前の二時五分だろう。日付はちょうど二週間前。殺人事件の発生した日だ。

「ちょっとお待ちください」

横から手を伸ばした坂巻が、タッチパッドの上で太い指を動かす。時計の数字が早回しで進み始めた。

ヘッドライトを灯《とも》した車両が、ときおり画面を横切る。

「ここらへんかな」

再生速度が通常に戻った。

大観覧車の時計は、二時二十八分になっていた。

木乃美は椅子に座ったまま身体を前傾させ、ノートパソコンの画面を覗き込む。

すると、誰かから肩に手を置かれ、背中に重みを感じた。立ち上がった元口が木乃美の背後から身を乗り出し、画面を見つめていた。木乃美の隣には潤、その背後には梶。一歩引いた位置から山羽が見つめ、吉村は自分のデスクから様子をうかがっている。

ふたたび坂巻が分駐所を訪ねてきた。

幽霊ライダーの話を踏まえた上で、現場付近の防犯カメラ映像を片っ端から調べてみたところ、気になる映像を発見したので、確認して欲しいと言うのだ。

そういうわけでA分隊一同は、坂巻の持参してきたノートパソコンを取り囲んでいる。

時刻が二時二十九分に切り替わる。

その瞬間、元口が「あっ！」と声を上げた。

元口が、いまの見たよな、と確認するように同僚たちの顔を見る。

木乃美は頷き、坂巻を振り返った。

「部長。いまのもう一度、見せてくれる?」

「わかった」

坂巻が近づいてきて、一同に軽く手刀を立てながら、ノートパソコンを自分のほうに向けた。

「いまのだと早すぎてわかりにくいけん、もうちょっと再生速度を落としますね」

タッチパッドを操作し、画面をこちらに戻した。

時計は二時二十八分に戻っている。

そして時刻が一分進んだ瞬間、画面にバイクが現れた。先ほどよりもゆっくりとした速度で、画面を左奥から右手前へと横切る。

「アプリリアRS250……」梶が呟《つぶや》く。

「現場から一キロほど離れた場所に設置された、防犯カメラの映像です」

坂巻が言った。

ノートパソコンを引き取り、なにやら操作してふたたび画面をこちらに向けた。

「いまの映像から、およそ四十分前のものです」

大観覧車の時計は一時五十分だった。

さっきと同じバイクが、さっきとは逆方向に走り抜ける。

「事件現場の方角だな」

山羽が無精ひげの浮いた顎を触る。

「そうなんです。この撮影場所から現場までに、いくつか分岐があるので、一〇〇%そうだとは言いきれんとですが、現場に向かった可能性もあります。現場の方角に向かったこのバイクが、四十分後に現場から遠ざかるように走り去った。なにより気になるのは、このバイク、現場に向かうにしろそうでないにしろ、この後、この付近の防犯カメラにまったく捉えられとらんのです」

「この近くに用があった、ってことよね。考えられるのは、どこかの建物に入った……とか？」

木乃美の推理を、坂巻は否定した。

「ここらへんには普通の住居みたいな建物がまったくない。商業施設やホテル、コンベンションセンターだけだ。どの施設にも、防犯カメラが設置されとる」

「つまり、ずっと外にいたってことだな。しかも付近の防犯カメラに捉えられていないということは、移動していない」

元口が言った。

「ええ。ただ、どこかにバイクを止めて徒歩で移動したという可能性はあります。この場所から一つ裏の通りに行ったら、もう公園ですけんね。バイクでは入れんけど、徒歩なら入れます。防犯カメラに映ることもない。大人の足なら、現場まではだいたい十分弱ぐらいでしょう」

「行きと帰りで十分ずつと考えても、まだ二十分残ってるな」

梶が神妙な顔つきで言う。

「ガイシャと接触し、刺殺するには、じゅうぶんな時間です」

坂巻はそう言って、ノートパソコンにふたたびＲＳ２５０を表示させた。動画を一時停止した静止画だ。

「これ、例の幽霊ライダーが乗っていたやつと同じですかね。画像を解析してみて、撮影した角度が悪かったのと、画面の明るさが足りなかったせいか、ナンバーがはっきり読み取れんとです」

Ａ分隊一同は互いの顔を見合わせた。

「どうだろうな。黒いマシンに黒いヘルメット、黒いバイクジャケット。同じように見えなくもないが……」

「さすがに完全に同じやつだと断言することは、おれたちには……」

元口と梶が困惑顔で互いを見合う。

そのとき、潤が口を開いた。

「木乃美はどう思う？」

「えっ……」

「あんたの並外れた動体視力なら、私たちの気づかなかった幽霊ライダーの……いや、望月の乗ったＲＳ２５０の特徴を捉えている可能性がある。どう。この映像のＲＳ２５０は、この前捕まえそこねた望月のバイクと同じだと思う？」

全員の期待のこもった視線が集まる。

木乃美は困ったように潤を見た。

大丈夫だから、本当のことを言って、という感じに、潤が頷く。

木乃美は頷き返し、言った。

「同じ……だと思います」

「根拠は？」

坂巻が訊いた。

「これ」

木乃美は一時停止状態の画面で、ＲＳ２５０のカウル右側面を指差した。黒いボディーに赤い文字で大きく『ｒａｃｉｎｇ』と書かれた、少し上だ。

全員が肩を寄せるようにして、画面を凝視する。

「なんだこりゃ。傷……か？」

元口が首をひねる。

「小さい上に、ボディーと同じ黒ベースだからわかりにくいかもしれないけど、これはステッカーです」

「なるほど。ステッカーか。カスタムの定番だな。坂巻、この部分を拡大できないか」

梶がステッカーの場所を指差した。

「できないことはないですけど、解像度が足りんので、よくは見えんかもしれんですよ」

前置きした上で拡大した画面は、やはり細かい白い傷が何本か入っているようにしか見えない。

「本当だ。駄目だな、こりゃ。さっぱり読めない」

諦め顔でかぶりを振った元口が、木乃美を見る。

「これと同じものが、望月のバイクにも貼ってあったって言うのか」

「はい。さすがになんという文字が書かれていたのかまでは、読み取れませんでしたけど。なにかのロゴで、大文字のＡが目立っていたのだけは、覚えているんですが」

「それだけじゃわからないな。なんのステッカーだ」

元口が難しい顔で、ノートパソコンの画面に顔を近づける。

そのとき、唐突に正解を告げたのは、潤だった。

「チーム厚木」

全員の視線が、潤に集中する。

潤は唇を歪め、視線を落とした。

「……じゃないかと思います。『チーム厚木』のステッカーは、アルファベット表記されたロゴマークで、ＡｔｓｕｇｉのＡが大きくデザインされてました」

「なんだ、その『チーム厚木』ってのは」

元口が訊いた。

「私が通っていた厚木のバイクショップの、常連客の集まりです。チームといっても、とくにこれといった活動をしていたわけじゃないんですけど。たしか常連客の中に、ステッカーとかロゴ入りのボールペンとか、そういうグッズを作る会社の人がいて、作ってくれたからって、店長さんが常連さんに配っていました。このバイクのライダーが望月さ……望月なら、バイクに貼ってあるステッカーは『チーム厚木』のものかもしれません」

坂巻がなにかに気づいたような顔になる。

「そうか。住所不定の状態やった望月が、バイクを維持できていたとはとても思えん。望月にバイクを貸し出している人物がおる」

「『チーム厚木』で、望月と親しくしていたやつ、か」

山羽が顎をかきながら、うんうんと頷く。

「川崎。こんどその、厚木のバイクショップに同行してくれんか。できれば『チーム厚木』のメンバーへの聞き込みにも。メンバーと顔見知りの川崎がおったほうが、話が早い。同時に、県内のバイク販売店にRS250購入者の照会を進めよう。吉村部長、一課の捜査のために、川崎をお借りしてもよろしいですか」

坂巻の申し出に、自分のデスクで書類の束をとんとんと揃えながら、吉村が顔を上げた。

「本人の承諾があれば、うちとしてはかまわないが……」

坂巻が潤を見た。

「川崎。お願い――」

「嫌です」

まさかそんな反応だとは予想もしていなかったのか、坂巻は潤の両手をとって感謝の意を示す準備をしていた。

感情的になり過ぎたことを恥じるように、潤がふっと笑う。

「というか、私がいないほうがやりやすいと思います。店の名前や、『チーム厚木』のステッカーを持ってそうな常連客の名前なんかは教えるので、一課の人だけで訪ねてもらえませんか」

「わ、わかった」

背景に複雑な事情がありそうだと察したらしく、坂巻は素直に引き下がった。が、元口には空気が読めていないようだ。

「なんでだよ。『チーム厚木』の連中と揉めでもしたのか」

「元口。余計な詮索するな」

梶がたしなめる。

「梶さん。いいんです。坂巻さんが聞き込みに行けばいずれわかることですし、もう隠し事はしたくないですから」

潤は気持ちを鎮めるように、ふうと肩を上下させた。

「私は『チーム厚木』のメンバーに嫌われています。望月がひき逃げ事件を起こしてから、もう五年……ですか。その間ずっと、店にも顔を出していないし、メンバーと連絡も取り合ったりしていません。だから『チーム厚木』のメンバーに話をするなら、私が同行しないほうがいいんです」

自分に言い聞かせるように頷き、続ける。

「望月が起こしたひき逃げ事件は、五年前の二月のある日、深夜十二時過ぎ、藤沢市大庭《おおば》の路上で、帰宅途中のサラリーマンがバイクと接触したというものでした。幸いなことに被害者の怪我《けが》は軽く、命に別状はありませんでした。ですが泥酔状態にあった被害者は、自分がひき逃げされたことすら理解しておらず、当然ながら、犯人についての証言は期待できません。雨天で路面が滑りやすい状況だったためか、現場にはブレーキ痕やスリップ痕もなく、破損したバイクの部品などの遺留品もなし。頼みの綱は、救急に通報した近隣住民の目撃証言だけでした。通報者は、大きな物音がして様子を見に外に出たら、被害者が倒れており、走り去るバイクを見たということでした。ヘルメットやバイクジャケットの背中、バイクなどのカラーリングは比較的、はっきり目視できていたようですが、情報はそれだけです」

「ナンバーどころか車種もわからなかったんじゃ、かなり厳しいな。相当時間がかかりそうだ」

梶は唇を曲げた。

「あれ？　でもたしかあれって、検挙までそんなにかからなかったですよね」

元口が首をひねり、梶も思い出したようだった。

「そういえばそうだ。望月が逮捕されたのは、たしか事件発生から二、三日後じゃなかったか」

「二日後です」潤が言う。

「二日か。スピード逮捕だな」

「でもなんでそんなに早く、望月のバイクを割り出せたんですかね」

「たしかにそうだ。物証もなく、ぼんやりした目撃証言だけだってのに」

梶と元口は不思議がっているが、山羽はすべてを察したように眉間に皺を寄せた。

木乃美も想像がついた。

はたして、潤が予想通りのことを告げる。

「私が交通捜査課に連絡したんです。目撃証言によく似た色遣いのウェアを着て、目撃証言によく似たカラーリングのバイクに乗っている人物を知っている、と。その結果、望月は逮捕されました」

一瞬、事務所から完全に音が消えた。

潤は一つの言葉を噛《か》みしめるように、そして苦しそうに言葉を吐き出す。

「初めから強い疑いを持っていたわけじゃないんです。交通捜査課から流れてきた情報を見て、まるで望月のようだと、最初は少し笑ってしまったほどでした。だけど、ちょうどその日に『チーム厚木』のメンバーから、いま望月がオフで地元に戻ってきているので、一緒にツーリングでもどうかという誘いのメールが届いて、それから気になり始めました。望月が当時住んでいたのも、藤沢だったんです」

「だから、交通捜査課に？」

坂巻が上目遣いに潤を見る。

「変に疑いたくなかったから、はっきりさせたかった。訪ねてみたけど空振りだったと、交通捜査課から連絡が来るのを期待した。だけど……」

ヒットした。

潤のしたことは絶対的に正しい。だが、憧れだったオートバイ・ロードレーサーの選手生命を、自分の手で終わらせたという現実と向き合うのは、きっと難しいはずだ。選手生命だけではない。ひき逃げとなれば、十年間はバイクにまたがることができなくなる。

潤が『チーム厚木』のメンバーに嫌われたというのも、そういうことなのだろう。潤が正しいことはわかっていても、受け入れられない。

「でもそれでも嫌うって、おかしくないか」

元口は義憤に燃えているようだ。

山羽が言う。

「人を好いたり嫌ったりする理由に、正しいも間違っているもない。たしかに、そんなことで『チーム厚木』のメンバーから嫌われるなんて理不尽だ。だが、人を嫌うっていう行為自体には、理不尽もなにもない。好きでいたけりゃそうすればいいし、嫌いたければ嫌っていればいい。感情に正解はないんだからな」

「でも……」

元口は不満げだ。

「でももへチマもない。誤解が嫌なら、自分を理解してもらおうとすればいいだけの話だ。それをしなかったのだから、川崎にとってもそこまでして付き合いを続ける価値がない相手だったんだろう。お互いに扉を閉ざした。外野がとやかくいうことじゃない」

　一瞬、痛そうに顔を歪めた潤が、坂巻を向いた。

「そういうことです。申し訳ありませんが、『チーム厚木』関連の聞き込みは、一課だけでお願いします。知ってることはぜんぶ話しますので」

「わかった」

　まずいことを聞いてしまったという感じに、坂巻が後頭部に手をあてた。

2

　そのバーは、石川《いしかわ》町の繁華街の外れにあった。

　雑居ビルの地下へ続く階段をおり、年季の入った木の扉を開く。

　カウンターのみ十席の、狭いショットバーだった。

　オールバックのマスターと、若い女性の二人組がカウンター越しに会話している。

　来客に気づいて三人ともこちらを向いた。そして三人とも、あっという顔になる。

「いらっしゃい。木乃美ちゃん」

　マスターの長妻《ながつま》は元暴走族で、かつては山羽にかなり世話になったらしい。

「木乃美。久しぶりじゃない」

ポニーテールで人懐こい笑顔が印象的なのは、美樹《みき》。

「女子力向上キャンペーンは順調？」

ショートボブで気の強そうな眼をしているのが、蘭《らん》。

このバーに通ううちに顔見知りになり、いまでは飲み友達といっても差し支えない関係になった。蘭と美樹は二人とも横浜市消防局に勤務しており、男社会で働く女性の悩みが共有できるせいか、話が合うのだ。

「いちおう頑張ってはいるんだけど、どう？　女子力、アップした？」

ポーズを取ってみせると、美樹が品定めの顔つきになる。ズバズバと思ったことを口にする性格が男を遠ざけているようだが、木乃美には裏表がなくて心地よい。

口の周りにうっすら髭が生えているというのも、美樹に指摘された。

「やっぱりここは異性の判断を仰がないと。どう思う？　マスター」

美樹から判断を委ねられた長妻が、困惑顔になる。

「おれは、結婚してるからなあ」

「そんなの別に関係ないでしょう。実際に付き合えって言ってるわけじゃないし」

ねえ、と振られた蘭が、うんうんと頷く。

「じゃあ、私たち三人の中で、不倫相手にするなら誰？」

すでに少し酔っているらしい。蘭はいつもより大胆だ。

長妻がゆっくりと三人を見回し、かぶりを振った。

「ごめん。不倫はできない」

えーっ、と全員でブーイングを浴びせた。

「なんだかんだ言ってマスターって一途《いちず》だよね。バーテンダーなのに」

木乃美は二人の隣のスツールに腰かけた。

「おれはバーテンのイメージ向上キャンペーン中なんだ」

「それならまず、鳥井《とりい》くんをクビにしたほうがいいと思うよ」

美樹が言い、蘭が「そうそう」と同意する。

「あいつチャラ過ぎだよね。告白用のメールの定型文作ってて、知り合った女の子全員に送ってるの。木乃美のとこにも届いた？」

「届いた届いた！　ってか、同じ内容の告白がもう三回も届いてるんだけど」

「私は四回」蘭が自分を指差す。

「私は五回。ってか、あいつ誤送信多すぎだよね」

三人で笑った。

「いまごろ鳥井のやつ、くしゃみでもしてるんじゃないか」

長妻が苦笑する。

鳥井というのは、この店で働くアルバイト店員だ。バーテンダーというよりはホストのような風貌をしていて、女性と見れば口説かずにはいられない性分らしい。もっとも、成功談を聞いたことはないが。

「今日は鳥井くん、休みなの」

木乃美が訊くと、長妻は片目を瞑る。

「実は会いたかった？」

「そんなわけないじゃん」

と答えたものの、少し寂しい。馬鹿話をして騒いで気を紛らせたかったから、この店を訪れたのだ。ぜったいに恋人にはしたくないが、馬鹿話をする相手としては、鳥井は最高だ。

「なにを飲む？」

「くさくさした気持ちが晴れるようなカクテル、お願い」

木乃美のオーダーに美樹が反応する。

「どうしたの。また違反ドライバーにキレられた？」

「それはいつものことだけど」

「サングラスは効果なかったの」

蘭も心配そうだ。

ドライバーに舐められないためにサングラスをかけてみればというのは、前回このバーで蘭と美樹に提案されたことだった。

「よくわかんないけど、年配のドライバーには西部警察の大門警部みたいだって言われて、話のネタにはなってる」

シェイカーを振っていた長妻が、カクテルのグラスを差し出した。

「はい。これでどうかな。手っ取り早く酔っぱらえるように、濃くしといたよ」

「ありがとう」

木乃美はグラスを手にした。

蘭と美樹が顔を見合わせる。

「木乃美！　ちょっと待っ……」

横から伸びてきた美樹の手がグラスを奪う前に、木乃美はカクテルを飲み干していた。

「もう、マスター。なにやってんの」

美樹が両手で顔を覆いながら、天を仰ぐ。

長妻が口笛を吹く真似をしながら、とぼけてみせた。

3

目が覚めると、見覚えのない部屋にいた。

ベッドはやけに大きく、マットレスには弾力がある。

「あいたたた……」

身体を起こそうとして、頭が鈍く痛む。飲み過ぎてしまったらしい。

のそのそと起き上がり、木乃美は周囲を見回した。

花柄の壁紙。壁にかかった大型液晶テレビ。安っぽい作りのチェスト。その上に置かれた電気ポットと、盆に伏せられた二つの湯呑み。ソファーには寝息を立てる山羽。

えっ――？

いったん視線を素通りさせようとして、二度見した。

見間違いではない。

ポロシャツにチノパンという普段着姿の山羽が、ソファーで横になり、すーすーと寝息を立てている。

「嘘……なんで」

とっさに自分の服装を確認した。大丈夫。まだ脱いでいない。

まだ？

なに考えてるんだ。一生脱がないでしょ！

自分に自分で突っ込みながら、一人で顔を赤らめた。

あらためて部屋を見回す。たぶん……いや間違いなく、ラブホテルだ。こういう場所に来たのは、何年ぶりだろう。そんなことを考えていると、心臓が早鐘を打ち始めた。

布団を抜け出し、そろりそろりとソファーに歩み寄る。

山羽はソファーの肘かけを枕にしていた。寒いのだろうか。腕を抱え込んでいる。

「なんで班長がここに？」

正確には、なんで班長とここに？

むにゃむにゃと口を動かす山羽の顔を見つめながら、懸命に記憶を辿った。

たしかいつものバーで、蘭と美樹と一緒に飲んでいたのだ。

「ねえ、蘭ちゃんに美樹ちゃん。二人には、憧れのヒーローっている？」

木乃美はカウンターに顎を載せ、少しだけ中身の残ったグラスをゆらゆらと揺らしながら言った。

「ヒーローって、仮面ライダーとかウルトラマンみたいなの？」

美樹はやや迷惑そうに表情を強張らせていた。それまでにもすでに何回か絡んで、泣いて、を繰り返していた。

「違う。そういうのじゃない。どうしてわかってくんないの」

悲しさがこみ上げてきて、涙が溢《あふ》れそうになる。

「泣かない泣かない。お願いだから泣かないでね」

よしよしと頭を撫でながら、美樹が横目で長妻を睨んだ。

「マスター。わかってるくせになんで飲ませるかな」

「浴びるほど酒飲んで、うんざりするほど酔っ払うのが必要な日って、あるもんさ」

「うんざりしてるのは私たちのほうだよ」

ねえ、と同意を求められ、蘭が苦笑している。

「うんざりしてるの？　それって私のせい？　私のせい？」

また泣き出しそうになり、美樹が取り繕うような笑顔になる。

「そんなことないよ。木乃美のせいなんかじゃない」

「私のヒーローは、やっぱりお父さんかな」

蘭が遠くを見る目をする。

「そうか。蘭ちゃんはお父さんに憧れて、消防士を目指したんだもんね」

すると美樹が言った。

「なんだ。ヒーローってそういうこと」

「そういうことでしょう」

蘭に確認され、木乃美はこくこくと顎をカウンターの上で上下させる。

「そういうこと。中学生とか高校生のときに憧れて、その後の人生の決断に大きな影響を与えてくれるような人のこと」

「木乃美の場合は、箱根の先導をする白バイだよね」

蘭の言葉に、長妻が反応する。

「ってことは木乃美ちゃんは、憧れのヒーローと一緒に仕事してるってことか。山羽さん、箱根の先導やったことあるんだもんな」

「私の場合、ヒーローは白バイ隊員全員であって、別に特定の人への憧れとかそういうものは……」

もごもごと語尾を濁す。酔っていてよかったと思った。

「それじゃあ私にとってのヒーローは、高山《たかやま》太一《たいち》かなあ」

美樹が自分の唇に人差し指をあてる。

「高山太一って、あれじゃない。覚せい剤で逮捕された俳優の」

蘭に人差し指を向けられ、美樹は渋い顔になった。

「そうなんだよねえ。大好きで大好きでいつか高山太一のお嫁さんになりたいと思ってたのに、突然逮捕されて消えちゃったんだ」

「あれって、私たちが中学生ぐらいのとき？」

蘭に向かって美樹がかぶりを振る。

「高校一年生。ちょうど夏休みに入ったばかりで、夕方に太一ちゃんの出るドラマの再放送があるからって、すごく楽しみにしてたのをよく覚えてる。なのに逮捕で、再放送もぜんぶなくなっちゃって……」

「太一ちゃんって、なにそれ。友達みたい」

蘭が両手で自分の口もとを覆い、肩を揺する。

「笑わないでよ。私のまわりではみんなそう呼んでたんだから。すっごい好きだったんだよなあ」

「すっかり消えちゃったね」

「ね」と、蘭に同意した後で、「あ、でも、最近舞台で役者活動復帰したんだよ」

美樹が嬉しそうに言う。

「嘘。マジ？」

「マジマジ。大マジ。下北《しもきた》のちっちゃい劇場らしいけど、ちょっと観《み》に行こうかなと思っちゃったもん」

「美樹ちゃんはさ」

いきなり大声で会話に割り込む木乃美に、美樹がびくんとなる。

「な、なに？　木乃美」

「美樹ちゃんは、高山太一のこと、嫌いにならないの。だって信じて応援してたら、裏切られたわけじゃない。すごいいい人みたいな顔をしておきながら、陰で悪いことしてたわけじゃない。幻滅しなかったの」

「ああ。なるほど……」

美樹は虚空を見上げ、しばらく考えている様子だった。

「幻滅はしたよ。なんでそんなことするんだろうと、がっかりした。けど、なんでだろう。大嫌いには、ならないかなあ。高山太一の表の顔は嘘だったのかもしれないけど、すごく好きだった私の気持ちは本物だし、好きでいることで幸せだったのは事実だし、私を幸せにしてくれたのが、偽りだろうとなんだろうと、高山太一その人だったことに、変わりはないんだよね。だからたしかに裏切られたんだけど、また役者やりたいんだったら、頑張って欲しいって思うよ。できれば立ち直って欲しいとも思う」

美樹は蘭のほうを向いた。

「ねえ、いま私、けっこういいこと言ったと思わない？」

「思った！　でもそれ、ぜったいダメ男に捕まるパターンだとも思った！」

「だよねえ」

美樹が舌を出し、自分の頭をぽんと叩く。

その姿が、木乃美には二重に見えていた。視界の上下が暗くなり、視界が狭まる。

まぶたが重くて、目が開けていられない。

「あれ。木乃美？　木乃美？」

美樹が肩を揺さぶってくる。

心地よい振動に、よけいに意識が遠くなった。

「嘘。ここで寝たらどうする――」

美樹の声を最後まで聞かないうちに、意識は途絶えた。


思い出した。私……。

「酔いつぶれたんだ」

その後なにがどうなって、この人とこの場所に来ることになったのか。

脳みそをフル回転させて考えてみたが、どうしても思いつかない。

そのとき、ふいに山羽のまぶたが開いて、木乃美は小さな悲鳴を上げた。

身体を波打たせた山羽が、ソファーから転がり落ちる。どすんと、思いのほか振動が響いた。

「あいたっ……！」

「だだ、大丈夫ですか。班長」

「なんなんだよ、おまえは。おれのこと襲う気か」

「まさかそんな。なっ、なんですか班長こそ！　私をどうする気ですか！」

自分を抱くようにして警戒したが、「んなわけないだろ。おれ素面《しらふ》だぞ。そんなに酒の臭いぷんぷんさせた女なんぞ、どうする気にもならねえよ」と言われて、自分の口を手で覆う。

「すみません」

「いいんだけどさ。ってか、いま何時だ」

スマートフォンで時刻を確認し、「なんだよ。まだ四時過ぎじゃないか。せめて朝まで寝させろっての」と目もとを手で覆う。

「あの……なにがあったんですか」

「ぜんぜん覚えてないのか」

「途中までは、なんとか」

心底あきれたという感じに、鼻を鳴らされた。

「長妻に呼ばれたんだよ。おまえが酔いつぶれたから、連れて帰ってくれって。まあ、おまえの泣き上戸と絡み酒をわかった上でおもしろがって飲ませてるんだから、あいつも悪いんだけどな」

しかめっ面で耳の後ろをかく。

「それで、おまえを引き取って帰ろうとしたんだけど、おまえ、ぐでんぐでんになってまともに歩けないわ、タクシーに乗せようとしたら泣き喚《わめ》いて抵抗するわで、大変だったんだ。危うく通報されるところだったんだぞ、おれがおまえのことを拉致しようとしているって誤解されて。もうどうしようもなくなって、仕方ないからここに入ったってわけさ」

話を聞きながら次第に木乃美の視線が落ちて、いまでは顎が胸にくっついていた。もう顔を上げられる気がしない。

「すみませんでした」

「もういいよ。済んだことだ。ひとまずシャワーでも浴びてこい」

舌の根も乾かぬうちに顔を上げると、山羽が眉間に皺を寄せた。

「おまえ、なんか勘違いしてないか。臭くてかなわないからなんとかしろって言ってるんだ」

シャワーを浴びて寝室に戻ると、山羽はふたたびソファーに横になっていた。

肘かけを枕にし、お腹の上で手を重ねて、目を閉じている。

寝ているのだろうか。忍び足でベッドに向かい、布団に潜り込む。

「おまえの出る幕じゃない」

起きていたらしい。

天井を見上げたまま、山羽の声を聞いた。

「川崎の問題は川崎が自分で解決するべきだし、そもそもが一課のヤマだ。おまえが首を突っ込んでどうにかなるような問題じゃない」

「……わかってます」

拗《す》ねたような言い方になった。

「本当にわかってるのか」

「もちろんです」

むっとしながら応えると、「そうか」という声と一緒に、寝返りを打つような衣《きぬ》擦《ず》れの音が聞こえた。

「それは……残念だな」

がばっと起き上がってソファーのほうを見た。

山羽はそれ以上の会話を拒絶するように、こちらに背を向けている。

残念って、どういう意味だろう。

横になって目を閉じた瞬間、山羽に肩を揺すられた。

「おい。起きろ。そろそろ出るぞ」

「えっ」

いま寝たばかりなのに、と思ったが、カーテンの隙間から見える空は明るい。数時間眠っていたらしい。

「今日は一日、未来《みらい》と遊んでやる約束なんだ。遅れたらまたあいつに恨まれるぞ」

未来というのは、山羽の姪《めい》の名前だ。両親を交通事故で亡くし、父方の祖父母と暮らしている。将来は山羽と結婚するつもりらしいが、なぜか木乃美を恋敵と捉えているようで、妙に当たりがきつい。

軽く髪をとかし、ひとまず眉だけ描いて部屋を出た。

建物を出て初めて、このホテルが中華街の入り口付近にあると知って、ぞっとする。いつもパトロールで走り回っている場所だし、木乃美が住む独身待機寮の入った湊警察署からも徒歩圏内だ。同僚に見られていてもおかしくない。

「おまえどうする。歩いて帰るか」

山羽はみなとみらい線元町《もとまち》・中華街駅の方向に足を踏み出しながら言った。木乃美が徒歩で独身待機寮に帰るのならば、まったく逆方向なので、ここで解散ということになる。

少し迷ったが、決めた。

「私も電車に乗ります」

「おいおい。ついてくるなよ。まさかおれに惚《ほ》れたとか言わないだろうな」

「班長。なにか勘違いしてませんか。私はこれから市《いち》が尾《お》に向かうんです」

そこは潤の独身待機寮の入った、市が尾警察署の最寄り駅だった。

「おまえさ、人の話ちゃんと聞いてたか。おれは言ったよな。おまえの出る幕じゃないし、おまえが首を突っ込んでどうにかなるような問題じゃない」

「聞きました。その上で、潤に会いに行きます」

「勝手にしろ。おれはもう知らないぞ」

あきれたようにそっぽを向く山羽の横顔は、こころなしか嬉しそうだった。

4

ＪＲ横須賀線で姪の住む大船《おおふな》に向かう山羽と横浜駅で別れ、横浜線と田園都市《でんえんとし》線を乗り継いで、四十分ほどで市が尾駅に着いた。駅から警察署までは、十分もかからない。

独身待機寮はどこの警察署でもだいたい最上階なので、市が尾署でも四階建ての四階部分がそうなのだろう。だが同じ警察官とはいえ、住人でもない木乃美が勝手に入るわけにはいかない。

玄関前で電話をかけて呼び出すと、潤は五分ほどでおりてきた。

「おはよう。ごめんね。いきなり電話して」

「なに。なんでいきなり押しかけてきてんの」

上下ジャージ姿でサンダルを引っかけ、眠そうに目をこすっている。田舎《いなか》のヤンキー風ファッションは、部屋着だろうか寝間着だろうか。

潤は玄関に立つ見張りの制服警官と会釈を交わし、木乃美の手を引いた。

「とりあえず、隅っこに行こ」

「もしかして、寝てた？」

「この格好見ればわかるだろ」

潤に腕を引かれ、署舎の裏側まで移動した。独身待機寮に続く外階段の近くだ。

「で、なに。なんの用があって来たの」

あらためて質問されてみて、ふと思った。

私、なにしに来たんだろう――？

衝動と勢いだけでここまでやって来たものの、具体的になにをどうするのか、まったく考えていない。

「えっと……え、と……えーっと……」

木乃美が言葉を探す間、潤は急《せ》かすようにその場で足踏みを続けていた。

「あのね」

足踏みが止まる。

「無理に呼び捨てにしたりする必要は、ないと思う」

「なんのこと言ってんの」

そう言って眉間に皺を寄せた直後に、理解したらしい。

「もしかして、望月のこと？」

「そう。潤にとってのヒーロー……なんでしょう？」

「正しくはヒーローだった、だよ。過去形だ」

皮肉っぽく笑う。

「過去形じゃないよ。いまだってヒーローだよ。ヒーローが完璧な人間じゃないのがわかったからって、取り返しのつかない失敗をしたからって、そんなに簡単に嫌いになれるはずがない――」

「だったらなんなのさ」

強い調子で遮られた。

「余計なお世話だ。私の気持ちなんて関係ないだろう」

「関係あるよ！」

「私がどう思っていようと、いまや望月は殺人事件の参考人で、私たち警察は望月を捕まえなきゃいけないんだ。一緒だろっ」

「一緒じゃない！　潤が望月を嫌いになる必要はないんだもん。捕まえるのに、相手を嫌いである必要はないじゃない！　望月がなにをしたとしても、十代の潤に夢を与えてくれた事実は変わらないでしょう！　そんなのぜったい嫌いになれないし！　だったら、好きなままでいいじゃない！　好きだからこそ、きちんと罪を償って立ち直って欲しいと、心から思えるんじゃない！　いいじゃん、無理して嫌いになろうとしなくても。ヒーローのままで！」

「木乃美……」驚いたような放心したような表情で、潤が呟く。

「なんであんたが泣いてんの」

木乃美の顔は、涙と鼻水でぐしゃぐしゃになっていた。

「だって悲しいじゃん！　ヒーローの存在を否定するってことは、ヒーローを好きだった自分を否定するってことなんだよ！　駄目だよ！　そんなことしたら……」

それ以上は言葉にならず、涙を拭いながら嗚咽《おえつ》した。

「わかったよ。わかったってば。もうわかったから泣かないで、木乃美」

そう言って木乃美の頭を撫でる潤の瞳も、わずかに潤んでいる。

「木乃美の言う通りだよ。私にはどうしても、望月さんを嫌いになれない。いや、なにが起こっても最後まで信じたいと思う自分がいる。罪を犯していないと信じたいし、もし罪を犯していたとしても、なにかやむをえない事情があったと信じたい。そんな事情がなかったとしても、更生して社会復帰してくれることを信じたい。そんな自分の姿勢が、警察官として相応《ふさわ》しくないように思えて、必死に望月さんを嫌いになろうとした。だけど、やっぱ無理だ。あの人がなにをしても、どこまで堕ちても、たぶん完全に嫌いになることなんて、できない」

木乃美はしゃくり上げながら何度も頷く。

潤が噴き出した。

「ガキかよ。大人でこんな豪快な泣き方するやつ、ほかに見たことないわ」

「だって、だって……」

「ありがとな、木乃美。たったこれだけのことを言うために、週休日の朝早くに電車で……って、なんで木乃美、電車なの？」

ぎくりとした。いっきに涙も引いた。

すると、潤が自分の鼻をつまむ。

「なんか、酒臭いな」

ちょうどいい。それを理由にしようと思った。

「そうそう。まだお酒が抜けてないから」

「そっか。ならしょうがないけど、来るなら酔いが覚めてからでもよかったのに」

「酔ってないとこんなこと言えないよ」

「それもそうか」

妙に納得した様子だった。

「とにかくありがとう。電話やメールだって済むはずなのに、わざわざ会いに来てくれて」

「お礼なんていいよ。班長の話聞いてたら、いてもたってもいられ……」

口を滑らせたことに気づき、背筋が冷たくなった。

「班長？　班長と飲んでたの」

「いや。違うよ。班長ってなに」

「いま班長の話がどうとか言ってたじゃん」

「言ってた？」

「ばっちり言ってたよ」

「そうかなあ」

誤魔化しの下手さに自分でもうんざりするが、ここは白を切り通すしかない。疑わしげに目を細めていた潤だったが、やがて自己解決したのか。ふっと息を吐いた。

「まあ。木乃美にとって、班長はヒーローだもんな」

「そんなことないよ！」

強硬に否定されて、さすがに不審に思ったようだった。

「そんなことあるだろ。だって木乃美、箱根の先導——」

「違う違う。私は箱根の先導をしている白バイ隊員全員に憧れたのであって、班長個人のことはまったくなんとも思っていないの。むしろ気持ち悪いぐらい」

「それは言い過ぎじゃないの」

「ううん。そんなことない。気持ち悪い」

ぶんぶんと大きくかぶりを振った。

潤は不可解そうだが、どうでもよくなったようだ。

「いいけどさ。とにかく感謝してる。嬉しかった。でもさ、もしもかりに、万に一つの確率で、いつか木乃美に彼氏ができたら——」

そんなに確率が低いのかと突っ込みたくなるが、ひとまず続きを聞いておく。

「ぜったいにやめなよ、こうやって予告なしに突撃したりするの。うざがられるから」

「やっぱりうざいかな」

「その顔は、すでに経験済みか」

「交番勤務時代に。サプライズのつもりで彼氏のアパートを訪ねたら激怒されて、それが原因でフラれた」

「激怒されたの？　それ、もしかしたら、その男の部屋に別の女がいたりしたんじゃない」

「潤もそう思う？」

当時も女友達に相談するたびに指摘された。

「そうだなあ。うざいとかはわかるけど、激怒は行き過ぎな気がする。もしかして、何度もそういうことをやった？」

「ううん。それが初めて」

「ちなみにそのとき、その男は部屋に入れてくれた？」

「ううん。とりあえず外で話をしようって、ファストフード店に連れてかれた」

「じゃあ女だな」

「やっぱりそうかあ」

木乃美はがくっと首を折る。

「なんでいまさら落ち込んでるんだよ。昔のことだろ」

「そうだけど」

「気にすんなって」

潤がぽんぽんと木乃美の肩を叩いた。

「朝ご飯は？」

「まだ」

「じゃあ食べに行こう。この時間だと、まだファストフードしか開いてないかもしれないけど」

潤はにやりと笑い、着替えてくるから待っててと、独身待機寮への階段を駆け上がった。

5

「あのとき、ちっちゃな子が急に飛び出してきたんだ」

朝メニューの野菜チーズバーガーを頬張りながら、潤は真剣な顔で言った。

「あのとき、って？」

木乃美が手にしているのは、ソイモーニング野菜バーガーだ。

二人は市が尾駅前のファストフード店で、窓際のカウンターに並んで座っている。そろそろモーニングメニューが終わろうかという時間で、店内にはだいぶ空席も見受けられるようになってきた。

「望月さんを追跡しているときさ。相模原の住宅街を走ってたら、三歳ぐらいの小さな女の子が、望月さんの前に、急に」

「危ないね」

「うん。ほら、子供の動きって予測不能じゃん。その子も、お母さんとどこかに出かけようとしてたのかな。自分ちの玄関から、ぴょんって外に飛び出したら、バランスを崩して転《こ》けたって感じだった」

状況を想像すると、ぞっとする。

「大丈夫だったの」

「望月さんは難なく避けたから問題はなかった。気になるのは、その後あの人、たぶん転けた女の子を心配したと思うんだけど、少しスピードを緩めたんだよね。スピードを緩めて、ちらっとバックミラーを確認してるように見えた」

「そうなんだ」

「あとさ」と潤が続ける。

「追跡の最後、あの人の単車が私の白バイに幅寄せしてきたんだ」

「うん」

「で、私は衝突を避けようと慌ててハンドルを切って、反対車線に乗り入れちゃって、結果的に逃げられることになったんだけど。いま考えてみるとさ、あれって……もしかしたら私の勘違いなのかもしれないけど……いや、ありえないよな」

言いにくそうにする潤を「なに。言ってみて」と促した。

「望月さんは、私を助けようとしたんじゃないかな……って、そう思うんだ」

そんなわけないよねと、自信なさそうに首をひねる。

「助けようとした？　でも、幅寄せしてきて、ぶつかりそうだったんでしょう」

「そうなんだけど、あのとき私、望月さんのほうに気を取られて、中央分離帯の敷石に気づいてなかったんだよね。敷石がないところで中央分離帯付近を走っていて、敷石があるところに差しかかろうとしていたんだ。だからもしもあのとき、幅寄せされてハンドルを切らなかったら、私は敷石に乗り上げてた」

おそらく相当な速度で走行していたはずだから、そうなったら大事故だ。大怪我どころか、命に危険が及ぶだろう。

「もちろん、中央分離帯の敷石の向こうに私を追いやり、それ以上の追跡を不可能にする。たんにそれだけの目的だったのかもしれないけど、転けた女の子を心配してスピードを緩めたこととかを考えると、私を助けようとしたんじゃないかって、やっぱりそう考えてしまうんだ。だって、あんなスピードで幅寄せするのって、望月さんにもかなりの危険が伴うよ。もし私がバランスを崩したら、予測不可能な動きをして、望月さんを事故に巻き込むことだってあるかもしれないのに」

潤の主張はよくわかった。

自らの危険を顧みずに他人を思いやることのできる望月が、はたして人殺しなどできるだろうか。潤はそう言いたいのだ。

「ねえ、潤。素朴な疑問なんだけど、そんなに優れたライテクを持っている人が、なんでひき逃げなんてしちゃったんだろうね」

潤の表情が暗くなり、木乃美は慌てて両手を振った。

「別に、望月が潤を助けようとしたとか、そういう考えを否定したいわけじゃないよ。ただ話を聞けば聞くほど、とんでもないテクニックの持ち主だったんだなと思えて、そうなると以前に起こしたひき逃げ事件のことが、不思議でたまらなくなるの」

「酒を飲んでたらしい。飲酒運転だったんだ。当時の新聞にはたしか、娘が怪我したとか急病だとかいう連絡があったから気が動転していたとか、そんな供述が載ってたな。だけど実際には、誰かがそんな連絡をした事実はなかったんだって。よほど酔ってたんだ」

「そっか」

なら納得だ。自分の運転技術に自信を持っているドライバーやライダーほど、アルコールの影響を軽視しがちになる。

「あともう一つ、疑問なんだけどさ。望月が今回の事件にかかわっているとして、なんで神奈川県から外に出ないんだろうね」

どういう意味だと問うように、潤が目を細める。

「だってさ、もし警察から逃げたいだけだったら、どこか遠くに逃げちゃえばいい話じゃない。なのに望月は最初、二週間ちょっと前に元口さんの職質を逃れてから、つい四日前の潤を助けた一件まで、ずっと神奈川県に潜伏していた……いや、ずっといたのかはわからないけど、どこかほかの都道府県に逃げていたとしても、神奈川県に戻ってきているってことだよね。なんでだろう。だいたい、望月はいま無免許だよね」

「なんで……なんでだろう」

潤が難しい顔をしながら、ハンバーガーにかぶりつく。もぐもぐと咀嚼《そしゃく》した後で、こちらを見た。

「協力者がいるからじゃないか」

「その協力者って、いったいなにを協力しているんだろう」

「そりゃ、移動用のバイクを提供したり、あとは……寝泊まりする場所を確保したり、とかじゃない」

「なんのためにそんなことするの」

潤は答えに詰まった。

木乃美は畳みかける。

「おかしくない？　バイクや寝泊まりする場所を提供している協力者って、いったいなにが目的でそんなことしているの？　ただ仲の良い友達ってだけじゃ、普通そこまでできないよね。だって自分も逃亡幇助《ほうじょ》罪に問われる恐れがあるんだよ」

「そうだけど、もしかしたらその協力者も、望月さんの無実を信じているんじゃ……」

「協力者も」という表現に、望月の無実を信じる潤の心境が表れていた。潤もそう信じているのだ。

「無実だから、逃亡を助けるの？　それもちょっと変じゃない？　本当に無実なら、そもそも警察からこそこそ逃げ回る必要もないんだし、さっさと出頭して本当のことを話したらいいじゃない。それとも、まさか自力で無実を証明しようとしているとでも？　なんの捜査のノウハウもない、元オートバイ・ロードレーサーが？」

「そんなこと私に言われてもわかんないよ」

ハンバーガーを食べ終えた潤が、両手を払いながら拗ねたような口調になる。

木乃美はドリンクを一口飲み、言った。

「なにかがおかしいと思わない？　だって、もしも私が『協力者』の立場で、望月にバイクを提供したならば、それを使ってどこか遠くに逃げろって言う。あるいは、寝泊まりする場所を提供したならば、警察の目につかないよう、できる限り外に出るなって言う。だけど望月の行動を見る限り、そういう指示はない。望月はまるで捕まえてくださいと言わんばかりに、いつまでも県内に留まってバイクで走り回っている」

「言われてみれば、たしかにおかしい」

潤は虚空を見上げながら、一つ一つの事実を確認するようにゆっくりと顔を上下に動かした。

「ねえ。望月はただ警察から逃げ回っているんじゃなくて、なにか目的を持って動いているんじゃないのかな」

「目的って、なに」

「それはわからないけど……」

まったく想像がつかない。

だがたぶん、自分の推理は間違っていない。望月にはなにかしらの目的がある。

「本人に訊いてみようよ」

「は？　なに言ってんだよ」

「だから、私たちで、望月を捜してみない？」

硬直していた潤が、頬を緩める。

「マジで言ってんの」

笑ってはいるが、まんざらでもなさそうだ。

「マジもマジ、大マジ」

「相変わらずおもしろいこと言うな、木乃美は。できればそうしたいけど、いくらなんでも私たち二人だけじゃ無理だろう」

「二人だけじゃ、たしかに難しいかもしれないけど、協力してもらえそうなあてはあるよ。たぶん喜んで協力してくれると思う」

「坂巻さんのこと言ってんの？　あの人、いま『チーム厚木』のメンバーへの聞き込みを始めてるから、そんな暇――」

「違う。部長じゃない。もっと暇で、もっと影響力のある人」

心当たりがまったく浮かばないらしく、潤はきょとんとなった。

6

マスタングの助手席から手を振る男を見て、潤は心底嫌そうな顔をした。

「本気であいつに協力させるつもり？」

「うん。言った通り、連絡したら速攻で駆けつけて来たでしょう」

とはいえ、ここまで早いとは予想していなかった。木乃美が連絡してから、わずか一時間での到着だ。よほど潤への想いが強いのか、よほど暇なのか。

市が尾署の駐車場だった。近所のファミレスや公園も考えたが、さすがに目立つだろうと思い、待ち合わせ場所をここに指定したのだが、どこであろうと同じだったかもしれない。車から降りてくるイケメン若手俳優二人組の放つキラキラオーラに、署舎に出入りする市民や、警察関係者までもが足を止めている。

「やあ、潤ちゃん。連絡をくれるなんて本当に嬉しいよ。ついでに木乃美ちゃんも、こんにちは」

「ついで」扱いされてかちんときたが、ひとまず人目につかない署舎の裏側に二人を誘導する。

「やっとおれの気持ちに応える気になったんだね」

成瀬の視線は潤に固定されっぱなしだ。

そんな友人の姿に、丸山も少し引き気味になっている。

「別にあんたの気持ちに応えるつもりなんてないし。そもそも、あんたを呼んだのは木乃美だし」

潤は腕組みをしてそっぽを向いた。

「木乃美ちゃん。おれと潤ちゃんの仲を取り持ってくれてありがとう」

そこで成瀬が顔を寄せ、耳打ちしてくる。

「後で潤ちゃんの連絡先も教えて」

「教えたら絶交な。木乃美」

潤が横目で睨んでくる。

板挟みになる木乃美を気遣ってか、丸山が口を開いた。

「ところでおれたちに頼みごとって、なんだい」

「なんでも任せてくれよ」

成瀬が自分の胸に手をあてる。

潤と目で合図を交わした後で、木乃美が切り出した。

「SNSで人捜しをしてほしいの」

「人捜し？　なに、おもしろそうじゃん。捜査に協力しろって？」

成瀬が目を輝かせる。

「違うよ。なんで警察がおまえみたいなチャラ男の力を借りて捜査する必要があるんだ。いくら不祥事続きの神奈川県警でも、そこまで堕ちてない」

潤が鼻に皺を寄せ、木乃美がフォローする。

「あくまで個人的な用件だから、私たちの身分は明かしたくないの」

「当然、私たちの名前もだぞ」

成瀬と丸山が、互いの顔を見合わせる。

丸山が言った。

「潤ちゃんたちの名前を出さないってことは、おれたちが人捜しをしているっていう体《てい》でやるってこと？」

「なんだ、あんた。いきなり馴《な》れ馴《な》れしい呼び方して」

そういえば、潤と丸山は初対面だった。

「潤。この人は丸山淳也さん。成瀬さんと同じく、有名な若手俳優だよ」

「淳也だから、おれもジュンちゃん」

自分を指差す丸山に、一緒にするなとばかりに、潤が不愉快そうに鼻を鳴らす。

「まあでも、同じような軽薄野郎でも、こっちのほうが少しはマシみたいだね。免許取り消しになってないし、多少は察しがよさそうだ。あんたの言う通りだよ。こいつが人捜しをしているっていう体で、ＳＮＳに投稿してほしい」

「こいつ」呼ばわりで指を差されているのに、成瀬は嬉しそうだ。

木乃美、あれ、と促され、木乃美は成瀬の携帯電話にメールを送信した。成瀬たちの到着を待つ間に、あらかじめ二人で考えた文面だった。


──友達の丸山淳也が新作映画のプロモーションのために、バイクで神奈川県内を走り回ります。ナンバーは明かせないけど、黒のアプリリアRS250、ヘルメットもジャケットも黒の黒ずくめらしい。おれも走ってるとこ見たいから、写メ撮ったらDMしてね。


届いたメールを熟読していた成瀬が、顔を上げた。

「ちょっと待ってよ。DMだって？　リプじゃ駄目なん？」

DMとはダイレクトメールの略だ。通常のメールソフトと同じように、SNSを通じてメールのやりとりができる。リプはリプライの略。ブログでいうコメント機能のようなもので、やりとりは第三者にも見えるかたちになる。

「駄目に決まってんだろう。まったく関係のない、他人のナンバーが晒される可能性があるんだから」

潤が吐き捨てるように言う。

「なんでおれがバイクで走り回ることになってるの？」

名前を出された丸山は不服そうだったが、「当たり前だろ。こいつは免許ないんだから」と成瀬を顎でしゃくられ、「あ。そうか」と驚くほどすんなり納得した様子だった。

「でも、おれバイクとか持ってないよ」

「はあっ？」

こめかみに青筋を立てる潤の気持ちも、わからなくはない。

木乃美は説明した。

「実際にバイクを持っている必要はないし、もちろんバイクで走り回る必要はないの。人気俳優の丸山さんがバイクで走っていると思うことで、ファンの関心が高まるでしょう？」

「そんなに人気あるってほどでもないけどね。雑誌の抱かれたい男ランキングでトップ10から落ちることは、まずないと思うけど」

説明の内容よりも「人気俳優」という単語に反応して、丸山はご満悦な様子だ。

潤が「本当にこんなアホどもに協力を仰ぐつもりかよ」という目で木乃美を見た。

「ＤＭ開放するのとか面倒なんだけど。わけわかんないメールが山ほど届いちゃうよ」

今度は成瀬が抗議する。

「いい加減うっせーんだよっ」

予想通りと言うべきか、潤が爆発した。

「なんなんだよ。なんでも任せてくれって言ったじゃないか。なのにごちゃごちゃ文句言いやがって。もういいよ。わかったから帰れよ。ほら、帰れ。帰れ帰れ」

潤に肩を押され、成瀬が悲しそうに口をすぼめた。

「潤。いくらなんでも言い過ぎだよ。私たちが頼んで来てもらったんだし」

木乃美は潤を止めた。

「だってさ……」

潤が振り返ったそのとき、成瀬がどこかふてくされた口調で言い放った。

「デートしてくれ」

「は？」

潤に睨みつけられ、怯《ひる》む様子を見せたものの、諦める気はないらしい。

「捜してる相手が見つかったら、デートしてくれ。そしたら協力する」

「なんであんたなんかと！」

顎を突き出して成瀬を威嚇し、木乃美を向く。

「もういいよ、木乃美。やめよう。こんな連中に頼んだのが間違いだったんだ」

「おれのフォロワーは百万人だぞ」

潤がさも鬱陶しそうに成瀬を見た。

「だったらなんなんだよ」

「百万人の目が、一斉にこのバイクを捜し始める。この――」

スマートフォンの画面を確認する。

「アプリリアRS250を。警察だって、そんなことは難しいんじゃないか」

潤が判断を委ねるような目で、木乃美を見る。

木乃美は背中を押すように頷いた。

「デートしてくれ。捜してる相手が見つかったらでいい」

「見つかったらで、いいんだな」

「もちろんだ。男に二言はない」

きっぱりと言い切る成瀬が、木乃美の目には少しだけ格好良く映った。

7

「お待たせ」

木乃美がコンビニを出て駆け寄ると、潤はニンジャ２５０Ｒに跨ったままスマートフォンの画面を見つめていた。

「どんな感じ？」

「あいつ、本当に影響力があるんだな」

潤のスマートフォンは、着信を告げるランプが光り続けている。

成瀬は木乃美たちの作った文面を、自分のアカウントにそのまま投稿することに応じた。捜索相手が見つかった暁には、潤がデートに応じるという条件付きだ。教えられたパスワードを使い、木乃美のスマートフォンで成瀬のＳＮＳページにアクセスすると、その瞬間からおびただしい数のメールが届き始めた。どの地点で黒いＲＳ２５０を見かけたものの、それが丸山かどうか確信が持てないという誠実で律儀な回答も交じっていたが、大半はおそらくバイクになど興味がなさそうなユーザーからの、ファンレターのような内容だ。

信頼性の高そうな情報にあたりをつけ、潤のバイクに二人乗りして現場に出かけてみることにした。

するとほどなく、木乃美のスマートフォンの電源が切れた。昨晩帰宅していないせいで、電池の残量が少なかった。そこからは潤のスマートフォンでアクセスしたが、ひっきりなしにメールが届くため、みるみるうちに電池の残量が少なくなった。そこで充電器を調達するために、慌ててコンビニエンスストアに寄ったのだ。

「はい。充電器」

「ありがとう」

買ってきた二つの充電器のうち、一つを潤に渡し、もう一つを自分のスマートフォンに差し込む。

「有力なタレコミはあった?」

「正直、微妙。ぼやっとし過ぎてるか、明らかなガセか、後は……」

潤は液晶画面をこちらに向ける。

「なにこれ」

木乃美は目を丸くした。

液晶画面に映し出されているのは、若い女性の半裸の写真だった。構図から判断するに、おそらく自撮りだ。

「大好きな博己くんに身体を見て欲しいんだってさ。気になったら返信くださいって書いてある」

潤が画面を見ながら、嬉しそうに肩を揺する。

「有名人って大変なんだね」

木乃美が言うと、潤は懐疑的に片眉を上げた。

「大変？　これって役得なんじゃないの」

それからも二人は、フォロワーからの情報をもとに、県内を走り回った。

そのうちに要領を摑めてきた。おそらくバイクに詳しいであろうフォロワーからの明らかに精度の高い目撃情報は、一件だけでも信頼性が高いが、ぼんやりとした情報にかんしては、同時刻に寄せられた複数の目撃情報を擦り合わせることで、信頼するに足るかどうか判断できる。

だが現実はそう甘くない。

望月を見つけることができないまま、日が傾き始めた。

二人は横浜市保土ケ谷《ほどがや》区の住宅街にあるコンビニエンスストアの駐車場で、三度目のスマートフォンの充電を兼ねた休憩を取っている。

「なんか、ごめん」

木乃美はアイスティーの紙パックに挿したストローを咥《くわ》えながら、言った。

「なんで謝るんだよ」

潤が口をつけているのは、ブラックの缶コーヒーだ。

「だって、貴重な休みを一日無駄にさせちゃった」

「別にそんなのはかまわないさ。こういうかたちで走り回るって、なかなかないことだし。新しいかたちのツーリングだと思えば、けっこう楽しかった。それに、あのアホとデートする必要もなさそうで安心した」

「成瀬博己のファンが聞いたら激怒しそうな発言だね」

「じゃあ訊くけど、木乃美。あいつとデートしたいか」

ううん、と虚空を見上げて考える。

「したくない」

実際に会うまでは、そんな願望を抱いたこともあるが、いまとなっては、不思議なほど魅力を感じない。

「だろ。マジ勘弁だよ」

二人で笑い合った。

「それにしても、今度こそイケると思ったんだけどなあ」

木乃美は恨めしそうに、赤くなり始めた西の空を見つめた。

さすがにこれ以上の捜索は難しいだろう。

『新井《あらい》中学校の前を黒いRS250が通過』、『笹山《ささやま》団地の方角に向かう黒いバイクを、コンビニエンスストアの駐車場から見かけた』、『新井町公園の前にバイクが停車していて、ライダーらしき黒ずくめの男が付近をうろついている』という、かなり具体的な三件の情報をもとに、駆けつけた場所だった。たまたま近くにいたので、情報が入ってから到着までも三十分ほどしかかからなかった。

にもかかわらず、望月の姿を見つけることはできなかった。

「木乃美。ありがとうな」

「なにが？」

「たぶん、一人で寮にいたりしたら、いろいろ考えちゃってたと思うから。望月さんを見つけることはできなかったけど、木乃美と一緒に動き回ることで気が紛れた」

「それじゃ、私の無謀な提案も、少しは役に立ったってことか」

「少しは、じゃないよ。おおいに役に立った。なんか、吹っ切れた」

たしかに潤は、さっぱりとした表情をしていた。

「よかった」

本来の目的は果たせなくても、潤の気持ちに少しは整理がついたのなら。

と、そのときだった。

視界の端を横切る影を追って、木乃美は振り向いた。

「どうした？　木乃美」

「いま通った原チャリ、ノーヘルだったよ」

年齢は十代半ばぐらいだろうか。原付バイクに乗っていたのは、まだ顔立ちにあどけなさを残す少女だった。上下ともにスウェットという格好は、出歩くぶんにはじゅうぶんでも、バイクで風を切るとなると少し寒そうだ。

「マジか」

潤が困ったなという感じに、頬をかく。

服務中なら迷わずサイレンのスイッチを弾くところだが、いまはプライベートだ。

「見過ごすわけにはいかないよね」

「そう……だよな。行くか」

潤は踏ん切りをつけるように頷いた。

「乗りな。こっちも法定速度内での走行になるから、追いつけるかはわからないけど」

木乃美はヘルメットをかぶり、潤の腰に手を回す。

原付バイクが消えた方角に走り出した。

ほどなく、原付バイクの後ろ姿が見えてくる。信号停止しているようだ。

「あれ！」

「本当だ。ノーヘルだな」

原付バイクの後ろにつけた。

木乃美がバイクを飛び降りて原付バイクに駆け寄る。

信号が青になり、原付バイクが発進しかけたとき、ようやく追いついて少女の腕を摑んだ。

「待って！」

少女がぎょっとして振り向いた。ショートカットがよく似合う、活発そうな顔立ちをした少女だった。

「なにすんだよ！」

「ヘルメットかぶってない！」

「関係ないだろっ」

「関係なくないっ！」

揉み合ううちに、潤も駆けつけた。

「ノーヘルを見過ごすわけにはいかないんだよっ！」

少女の腕を引いて強引に引きずり降ろそうとしたそのとき、潤が目を見開き、動きを止めた。

潤の表情の変化に気づいたらしく、少女も怪訝《けげん》そうな顔をしている。

「どうしたの？」

木乃美の声など耳に届いていないかのように、潤は少女をじっと見つめていた。

「涼子《りょうこ》ちゃん？」

そう呼ばれた少女が、なぜ知っているんだという感じに、眉間に皺を寄せる。

「そうだよね？　涼子ちゃんだよね？」

「あんた、誰」

警戒しているようだが、否定しないということは、少女の名前は涼子で間違いないのだろう。

「涼子ちゃんって……」

誰……?

すると潤がこちらに顔をひねった。

「涼子ちゃん。望月さんの一人娘の」

「えっ!」

涼子を見ると、不機嫌そうな顔で睨みつけられた。

8

入り口のほうで電話をしていた木乃美から、手招きで呼ばれた。

「ちょっと待ってて」

涼子に断り、潤は席を立つ。

八王子街道沿いのファミリーレストランだった。涼子が家に帰るのを嫌がったので、ひとまずここに入った。

木乃美はちらりと涼子を見ながら、小声で言った。

「やっぱり捜査本部の行確《こうかく》がついてたみたい。行方がわからなくなって、ちょうど探していたところらしいよ」

「そうか」

望月の行方を追っている捜査本部が、望月の別れた妻子をマークするのはじゅうぶんに考えられた。木乃美に電話で確認してもらったのだ。

「保護したことを伝えたら、安心してた。私たちが一緒なら、その間だけ行確を解いてくれるって。この店の場所は伝えてあるから」

「ありがとう」

「涼子ちゃん、これまでにも何度か行確を撒《ま》いて逃げ出して、その間の行動が把握できないことがあったんだって」

「大の大人が、高校生に手玉に取られてるじゃんか。しょうがないな、神奈川県警」

なかばあきれつつ笑った。

「捜査本部としては、そのときに望月と接触している可能性もあるんじゃないかと、疑ってるみたい」

ありえると、潤も思う。

ＳＮＳで寄せられたＲＳ２５０の目撃情報を辿っていたら、涼子と遭遇したのだ。望月が娘に会いに来た可能性も考えられる。

「もしも涼子ちゃんが心を開くようなら、その点も聞き出して欲しいって」

「あんま過剰な期待をされても困るよ。あの子を直接知ってたわけじゃないし」

潤は顔をしかめた。

「わかってる。本部にもそう伝えた。潤は前に望月から写真を見せられたことがあっただけで、涼子ちゃんと直接、面識があったわけじゃないって。だからできれば、ってことらしいよ」

「いちおうやってみる」

「私はいないほうが、いいよね、たぶん」

涼子のほうを覗き込むようにしながら、木乃美が言う。

「ごめん」

「ううん。しばらくそこらへん流してくる。なにかあったら連絡して」

木乃美がじゃらじゃらと掲げたのは、潤のバイクのキーだった。

「気を遣わせてすまない」

「平気。ニンジャ乗ってみたかったから」

本当に嬉しそうに笑い、木乃美は店を出て行った。

潤がボックス席に戻ると、涼子はつまらなそうにメニューを広げていた。注文する気などないが、手持ち無沙汰だからしかたなく眺めているという雰囲気だ。

「決まった？　なんでも好きなもの食べていいよ」

「お腹空《す》いてないし」

それならなぜ丼物のページを開いているのか。

「甘いものなら入るんじゃない？」

「甘いの嫌い」

ぷいと顔を背けられ、内心げんなりとする。二人だけで話をさせて欲しいと言ったものの、早くも心が折れそうだ。木乃美を呼び戻したほうがいいだろうか。

当の木乃美は嬉々《きき》として潤のニンジャ２５０Ｒに跨り、駐車場を出て行くところだった。

窓越しに木乃美を見送る横顔に、問いかける。

「バイク、好きなんだ」

「別に」

先ほどまでとは明らかに違う、はにかみを押し殺すような表情だった。

「それにしても大きくなったよね。あの涼子ちゃんが、もう高校一年生か」

写真でしか見たことはないが、明るく活発そうな少女の面影に、女性らしさが加わっている。反対に、日向《ひなた》のような明るさは減退した気もするが。

そしてなにより、前にもまして望月の面影を強く感じさせるようになった。

店員が注文を取りに来る。

「なににする?」

涼子に応えるつもりはないらしい。

オレンジジュースでいいよねと、勝手に注文し、自分はコーヒーを頼んだ。先ほども少し考えさせて欲しいと注文を先延ばしにした手前、ドリンクだけでは申し訳ないかなと思い、それぞれをチーズケーキセットにする。

ほどなく、注文の品がテーブルに並んだ。

甘いのが嫌いと言い放ったわりに、涼子は運ばれてきたチーズケーキを食べている。嬉しかったが、そのことを指摘すると涼子のフォークが止まりそうな気がして、潤は黙々とケーキを口に運んだ。

チーズケーキを半分ほど食べ終えたところで、ふいに涼子が口を開いた。

「会ってないよ」

「え?」

「あの人と会ったかどうか、それを訊きたいんでしょう」

「あの人」というのは、当然ながら望月を指しているのだろう。

「いくら私ん家《ち》を監視したって、あの人は現れないと思う。あの人は私とお母さんを捨てたんだから」

「捨てたとか、そんなつもりはないんじゃないの」

「お姉さん。あの人の元カノかなにか？」

唐突な質問に、言葉を失った。

「いや、そういうのでは……」

顔が熱くなる。

「なら知ったふうなことを言わないでよ。あの人は自分のことしか考えていないクズなんだ。あの人が家を出て、私たちがどれほど苦労したか、お姉さんには想像もつかないでしょう」

おそらくつい一時間ほど前に、望月はこの近くに来ている。その事実を伝えてもいいものだろうか。

「家を抜け出して、どこに行くつもりだったの」

「別に。どこでも。ただあそこにいたくなかっただけ」

「本当に？」

涼子が舌打ち交じりに言う。

「まだ疑ってんの？　あの人とはあの人が家を出て以来、いっさい会って……いや、そういえば三年ちょっと前、私が中学に入ったときぐらいに一度だけちょっと会った、会ったっていうか、正確にはすれ違う程度だったけど、それからはぜんぜん会ってない」

「三年前に会ったの」

「あの人が学校の近くで待ち伏せしてたんだ。私は無視して通り過ぎた」

「どうして。どうしてそんなことをしたの」

せっかく会いに来てくれたのに。

「どうして？」

なぜそんなことがわからないのかという感じに、苛立った口調だった。

「勝手に出てったの、あの人のほうだよ。あの人のひき逃げがニュースになったせいで、私は学校でもいじめられた。私がつらいときに、あの人はいなかったんだ。一人だけ逃げ出したのに、自分の会いたいときだけ戻ってくるとか、最低じゃん。むかついて顔も見たくなかった。だから無視した。私、ぜんぜん悪くないと思うけど」

根は深いと、潤は思った。

同時に心の底では、まだ父親を慕っているのだな、と安心もする。

だがそれを自覚させるは至難の業だ。なにしろ二十四歳の自分でさえ、白バイ隊員を目指すことを反対していた父親と和解したのは、つい最近のことだ。涼子の場合にはそれ以上に複雑な事情と、感情のもつれがある。

ともあれこの態度から察するに、涼子がこっそり父親と接触していた可能性は低そうだ。ということは、望月は三年前に中学生の娘を待ち伏せしたときと同じように、遠くから見守っていたのだろうか。それともなにか別の目的があって、このあたりに出没したのか。

「さっき、家にいたくないって言ったね。どうして？」

「別に。うざいじゃん」

「なにがうざいの」

「なにがって、まず警察が超見張ってるじゃない。ずーっと家の前に車止めて、じっと見てるし、超キモいよ。まさかあの連中のほかにも見張りがいるとは、思わなかったけど」

涼子が自嘲気味に笑う。どうやら潤と木乃美を、涼子の自宅に配置された捜査員と同じ、私服警官だと思っているらしい。

「私たちは、涼子ちゃんを見張ってたわけじゃないよ」

「嘘だ」

「嘘じゃない。私と、さっき一緒にいた木乃美は、交通機動隊だもん。白バイ隊員」

「白バイ隊員？」

「そう。第一交通機動隊、みなとみらい分駐所のね。だから私たちは事件の捜査にはかかわらない。今日は休みだったけど、たまたまノーヘルの原チャリを見かけたから、見過ごすわけにもいかなくて追いかけたの」

「本当に？」

「うん。最初に声をかけたとき、私、驚いてたでしょう？　原チャリに乗ってるのが、涼子ちゃんだと知らなかったからだよ」

真偽を見極めようとするかのようにじっと潤を見つめていた涼子が、やがて天を仰いだ。

「そうだったのか。ヘルメットさえかぶっていれば、捕まってないんだ。ついてないや」

潤の言葉を信用することにした結果、急に緊張が解けたらしい。やや砕けた調子になる。

「ついてるでしょう。捕まえたのに切符を切らなかったんだよ」

「あ。そうか。でも、お姉さんが休みじゃなかったら、このあたりに来てもいないんじゃないの。ってか、休日の白バイ隊員が、このあたりでなにしてたの。バイクで走って楽しいような場所でもないよね」

言葉に詰まった。

「友達……この近くの友達の家に遊びに来ていたんだ」

「そうなんだ」

さほど関心もなかったという雰囲気の反応だった。

「あのちょっとポチャッとしたお姉さんも、白バイ隊員？」

木乃美のことだろう。本人が聞いたらさぞや落ち込むだろうなと思いつつ、応える。

「そうだよ」

「けっこういるものなんだ、女の白バイ隊員って」

「そんなに多くはないけどね。神奈川県警には女性だけの白バイチームもあるよ。

ホワイトエンジェルスっていうんだ」

涼子の目が輝き始める。やはりバイクが好きらしい。蛙《かえる》の子は蛙ということか。

「白バイって、スラロームとか一本橋の大会があるでしょう」

「安全運転競技大会のことか。よく知ってるね」

「たまにバイク雑誌の付録とかで、大会のＤＶＤがついてるもん」

専門誌を購読するぐらい好きなのか。まるで昔の自分と向き合っているような気持ちになる。

「あれにも、女の白バイ隊員が出てたよね」

「全部の種目ではないけど、全国大会にも女子の部がある」

「お姉さんは出ないの」

「私は、あまり人前に出るのが好きじゃないからね」

「そうなんだ」

涼子は少し残念そうだった。

「さっきのニンジャは……」

「私のだよ。いまは友達がそこらへん流してるけど」

「乗り心地はどう？　私、お金貯《た》めてバイク買いたいんだ」

「とても良いバイクだよ。吹けも良いし、燃費も良い。シフトもスムーズだし、コーナーもすいすい曲がってくれる。もう五年ぐらい乗ってるけど、普通に乗り回すぶんには、まったく不満はないかな」

「そうなんだ。やっぱり乗りやすいんだ」

「自分が上手くなったみたいに錯覚するほどだって、みんな言うよ。最初の一台にはお薦め」

「みんな」という言葉を口にしたとき、脳裏を『チーム厚木』のメンバー一同の顔がよぎり、胸の奥がちくりと痛んだ。

「そうかあ。ニンジャも捨てがたいなあ。ＣＢＲあたりにしようかと思ってたんだけど」

どのマシンにするか迷うのも楽しい。その気持ちは潤にもよくわかる。

「お金貯めてるってことは、バイトでもしてるの」

「いまは、あまり出来てないんだけど」

「どんな仕事？」

「なんて言ったらいいのかな。まあ、接客業みたいなもの」

「接客業って、コンビニとか？」

「違う」

「ファミレス？」

「違う。いいじゃん別に、どのみち、いまはやってないんだから」

「辞めちゃったの」

「うん……辞めたわけじゃないんだけど」

どういうわけか歯切れが悪い。

「もしかして、今回の事件のせい？」

まだ公開指名手配にまでは至っていないが、望月についての情報は少しずつ報道され始めている。すでに縁が切れたとはいえ、娘にまったく影響がないとは思えない。

だが涼子はかぶりを振った。

「いや。そうじゃない。ちょっといまはお休み中」

そのとき、潤の背中越しに出入り口のほうを見た涼子が、表情を曇らせる。

振り向くと、眼鏡をかけたスーツ姿の男が近づいていた。

男はテーブルのそばに来ると、潤に頭を下げた。

「すみません。どうもこの度は、うちの娘がご迷惑をおかけしました」

涼子は露骨に不機嫌そうになった。

「え。娘……?」ということは。

「涼子の父親の、竹山昌也《たけやままさや》です」

涼子の母親が再婚したというのは聞いていたが、この竹山が、涼子の継父《ままちち》らしい。

「いま仕事を終えて帰宅したら、警察の方に涼子がこちらでお世話になっているとうかがって、迎えに来ました。すみません。うちの娘の面倒を見てくださって、ありがとうございます」

「面倒だなんて。私も涼子ちゃんとバイクの話が出来て、楽しかったですし」

「ほう。もしかしてバイクに乗られるんですか」

「ええ」

「新車購入の際には、ぜひうちでお世話させてください」

「バイクショップを経営されているんですか」

「ええ。中古車の売買がメインです」

いかにもビジネスマンという感じの如才ない笑顔だった。

「涼子。うちに帰ろう」

ぶすっと窓の外に顔を向けたまま、涼子は返事をしない。

「ここにずっといるわけにはいかないだろう。お母さんも心配している。さあ、帰ろう」

竹山が伸ばした手を避けるようにして、涼子は席を立ち、さっさと出入り口のほうへと向かう。

「涼子ちゃん」

潤の呼びかけにも、もう振り返らない。

「お恥ずかしいところをお見せしてしまいました」

竹山が後頭部に手をあてる。

「いえ。あの年ごろの女の子は、あんなものだと思います」

「そうなんでしょうか。私も急にあんな大きな娘が出来たものですから、戸惑う部分が大きくて。いつかあの子が、認めてくれる日が来るのかな」

寂しげに微笑む竹山に、かける言葉が見つからない。

「すみません。本当にお世話になりました」

竹山が伝票を手にしたので、潤は財布を取り出そうとした。

が、手の平を向けて止められた。

「ここは私が。娘がご迷惑をおかけしたお詫《わ》び、というわけではありませんが、私に払わせてください」

最後に深々と頭を下げると、竹山は娘を追いかけるようにレジに向かった。

9

木乃美がファミリーレストランの駐車場に入ると、潤が店を出てきた。

「ごめん。時間潰すの大変だったでしょう」

「そんなことないよ。ニンジャもいいね。すごく滑らかに吹け上がる感じがして、取り回しもいいし、これならいくらでも走れる」

木乃美はエンジンを切った。

「それより涼子ちゃん。帰っちゃったんだ」

レストランに戻る道すがらに、バイクを押す涼子とすれ違った。そばには眼鏡をかけた、スーツ姿の男が付き添っていた。

「うん。お父さんが……新しいお父さんが迎えに来て」

「新しいお父さんってことは、お母さんの再婚相手か。涼子ちゃんも大変だね」

いまだにラブラブな両親の愛情をたっぷり注がれて育った木乃美には、『新しい』

親という概念が想像もつかない。

「でも物腰の柔らかい、やさしそうな人だったよ。一生懸命に涼子ちゃんに向き合おうとしているのが伝わってきて」

潤が立ち去った父娘を案じるように、遠くを見やる。

「そっか」

「昔の自分を見てるみたいだった」

潤がふっと笑う。

「涼子ちゃん？」

木乃美が訊き、潤が頷く。

「斜にかまえてるし、背伸びしてるし、お父さんとの関係が上手くいってないし、バイク大好きみたいだし」

「それが昔の潤？」

「意外かな」

木乃美はかぶりを振った。

「ううん。いまの潤のこと言ってるのかと思った」

「なんだと」

笑いながら叩く真似をされ、木乃美は両手を上げて降参の意を示した。

「でも、案外そうなのかもしんないな」

潤が鼻に皺を寄せる。

「振り返ってみると、私って驚くほど成長していない。昔の欠点は、なんだかんだ言って、いまでも欠点のままだ」

「そう？」

「うん。やっぱ強がっちゃうし、変に頑固だし、一匹狼《おおかみ》を気取って他人に壁を作っちゃうし、思ってること、素直に表現できないし。だからあんまり人とうまくやれないんだ。人に助けられてるのはわかってるし、感謝もしているつもりなんだけどさ」

潤がうつむき、唇を噛む。

木乃美は満面に笑みを浮かべた。

「ありがとう」

「なにが」

潤が怪訝そうな顔をする。

「だって、他人に壁を作っちゃうし、思ってることを素直に表現できないんでしょう。なのに、私にたいして、思ってることをいままさに、素直に話してくれているから。それって、私との間の壁を、取り払ってくれたってことでしょう。得意じゃないけど、頑張ってくれたんだよね」

「そうか……そういうことに、なるのかな」

新たな発見に、驚いているような表情だった。

「そうだよ。潤がそういうの苦手だってことは、わかってるよ。そして、苦手なのを乗り越えて、なにかを伝えようとしてくれてるのも、わかってる。私にはそれでじゅうぶんだよ。じゅうぶん嬉しい。私のために、苦手なことを頑張ってくれた、ってことだけで」

「木乃美……」

呆然としていた潤が、笑顔で木乃美の肩を叩く。

「だからなんでおまえが泣いてんだよ」

「ごめん。考えてみたら、なんだかすごいことだなって思えてきて」

木乃美は目もとを拭いながら笑った。

「木乃美のほうこそ、よっぽどすごいよ。私、こんなに自分の思いを他人に打ち明けることなんかなかった。それができてるのは私が頑張ったからじゃなくて、相手が木乃美だからなんだ」

「もう。これ以上泣かせないでよ」

木乃美は泣きながら潤の腕を叩いた。

何度も目もとを拭い、ようやく落ち着いてきた。

「潤はちゃんと成長してる。私が保証する」

「ありがとう、木乃美。成長は、ちゃんと行動で示さないとね」

どういう意味だろう。

首をかしげる木乃美に、潤はにっこりと微笑んだ。

10

『モトショップ　オオムラ』の扉を開いて中に入る。

土曜日だが、まだ開店直後だからか、客の姿はない。

カウンターの中にいた大村は最初、訪問者が潤だと気づかなかったらしい。

「いらっしゃい」とさりげなく言った後、いったん視線を落としかけて、勢いよく顔を上げた。

「こんにちは。大村さん」

「潤じゃないか。どうした。その格好は」

潤はパンツスーツ姿だった。もちろん、そんな服装でこの店を訪れたことなどないし、それ以外でも、スーツなどめったに身につけない。久しぶりにクローゼットの奥から引っ張り出したら、防虫剤の臭いが染みついていた。

「捜査一課の刑事が、こちらにうかがいませんでしたか」

「ああ。三日ぐらい前だっけな。来たぜ。望月のこととか、RS250に乗ってるライダーを知らないかとか、あとは『チーム厚木』のこととかについて聞いていった」

「すみません。『チーム厚木』のステッカーについては、私が捜査一課に伝えました」

「だろうと思ったよ。少なくともこの店の客じゃないと、あのステッカーのことなんて知らないだろう」

「ご迷惑をおかけしました」

「そんなの気にすることはない。それよりも望月のやつ、なにかやったのか」

「詳しいことはお話しできませんが、ある事件に関係している可能性があると思われます。望月さんの所在を特定して、お話をうかがう必要があるんです」

「そうか」

大村は複雑な表情になった。

「望月さんは、『チーム厚木』のステッカーが貼られたRS250に乗っていました。捜査一課では、『チーム厚木』のメンバーを中心に、聞き込みを行っています」

「それは、この前来た刑事も言ってた」

「私も聞き込みに同行することになりました」

「本当か」

少し意外そうな反応だった。

「しかし、『チーム厚木』なんて言ってはいるが、とくになんらかの活動をしていたわけでもなく、たんなる当時の常連客だぞ」

「わかっています」

「うちによく出入りしていた常連の、なんて言ったっけ……あの、ノベルティグッズを作る会社に勤めてて、スズキのST250に乗ってた女の子」

「西岡《にしおか》さんですね。西岡一美《かずみ》さん」

「そうそう。一美ちゃんだ。結婚してすっかりご無沙汰になっちまったが、あの子が自分とこの会社で遊びで作ってくれたもので、あれ全部で五百枚だかはあったんだぞ。最初のうちはよく来る常連だけに配ってたんだが、ぜんぜん捌けないから、しまいには一人に何枚もあげたり、名前も知らない一見《いちげん》客にまであげたりしたんだ」

「知ってます」

「知ってるって言ってもさ、ステッカー配ってた張本人のおれですら、誰に何枚配ったのかとか――」

「おやっさん」

その呼び方で大村を呼ぶのは、五年ぶりのことだった。

「大丈夫です」

「大丈夫……」

無意識に発したうわ言のような口調だった。

「大丈夫。私も、あれから少しは成長しましたから」

「潤……」

「私は間違ったことをしていません。だから間違ったことはしていないって、胸を張って言います。『チーム厚木』の皆さんにはまだ嫌われているのかもしれないけど、警察官として正しいことをしたんだって、だからわかって欲しいって、一人ひとりにきちんと伝えます。だから、大丈夫」

半開きだった大村の唇が閉じ、やがてぐっと引き結ばれる。

「わかった。行って来い」

「失礼します」

お辞儀をして外に出る。

駐車場で待っていた覆面パトカーのスカイラインの助手席に乗り込む。

「お待たせしました」

ハンドルを握るのは、坂巻だった。大村の言う三日前に訪ねて来た刑事とは、たぶん坂巻のことだろう。すでに捜査一課は、潤の提供した情報をもとに、『チーム厚木』への聞き込みに動き始めていた。潤も参加するにあたり、まずは大村に仁義を切っておきたいと、この店を訪れたのだった。

「まずはどこ行こうか」

坂巻がギアに手をかける。

「そうですね……」

潤はシートの上に置いてあったタブレット端末で、エクセルの名簿を開いた。

名簿に並ぶ名前は、最初に潤が伝えた『チーム厚木』のステッカーを所有していたと思《おぼ》しき当時の常連客のリストに、三日前、大村から聞き取った名前を加えたものらしい。チェック欄に『済』の文字が入っているのが、すでに捜査員が訪問した相手のようだが、さすが捜査一課というべきか、わずか三日のうちに、かなりの人数を訪問しているのがわかる。

リストを目で追っていた潤は、一人の名前に目を留めた。

「狩野《かのう》さんには、まだ話聞けてないんだ」

狩野大樹《ひろき》。面倒見の良い性格で、常連客のまとめ役のような存在だった。狩野企画による飲み会やツーリングも、よく実施されていた記憶がある。

狩野のチェック欄には『不在』とあった。訪問したものの、不在のため会えなかったということか。

「ここにしましょう」

狩野の欄にカーソルを置いてタブレットを坂巻に渡すと、坂巻がカーナビを操作し始める。

「厚木市下荻野《しもおぎの》……」

目的地を呟きながら入力し、ギアをドライブに入れた。

「シートベルト大丈夫か」

「交機隊にそれ訊きますか？」

もちろん締めている。

「心の準備は大丈夫か」

坂巻を見ると、いかにも良いこと言っただろうという感じのドヤ顔と目が合った。

潤が噴き出すと同時に、スカイラインは前進を開始した。

5th GEAR

1

狩野の自宅は『モトショップ　オオムラ』から、国道四一二号線を十分ほど北に走ったところにあった。広大な田畑と道路を挟んだ住宅街にある、木造二階建住宅だ。

「ここで合っとるんかな」

坂巻が自信なさげなのは、バイクが見当たらないからだろう。カーポートに駐車しているのはミニバンだけで、その周囲には子供用の自転車などが止まっているだけだった。

だが表札を確認する限り、間違いはない。

「とりあえず行ってみるか」

潤が頷くと、坂巻はインターフォンの呼び出しボタンを押した。

ほどなく女性の声が応対し、その背後に子供の騒ぐ声が聞こえる。

「こんにちは。お休みのところ申し訳ありません。神奈川県警の者ですが」

通話が切れた。

ほどなく玄関扉が開き、三十代半ばぐらいの女が顔を覗かせる。

「お休みのところすんません。神奈川県警の者ですけど、狩野大樹さんはこちらにお住まいということでよろしいですか」

坂巻が背中を丸めながら、警察手帳を掲示する。

「ええ。主人……ですけど」

女は脚にまとわりつく男の子を家の奥に追いやりながら、坂巻と潤を不審そうに見た。

「少しお話をうかがいたいのですが、いまはご在宅で？」

「主人がなにか？」

「いえいえ。ご主人がどうというわけではないとです。お時間取らせませんので、ちょっとだけよろしいですか」

そう言われて、女は少しだけ安堵したようだった。

なるほどと、潤は思う。坂巻のいつまでも抜けない九州訛《なま》りは、こういうときに役に立つのか。

女が家の中に消えて数分後、ふたたび玄関扉が開き、先ほどの女と同年代ぐらいの男が現れた。

狩野大樹だった。記憶よりふっくらとしているが、太い眉としっかりした顎のラインはそのままだ。潤は逃げ出したい気持ちを押さえつけるように、足を踏ん張った。

狩野のほうもすぐに潤に気づいたようだった。少し怯えたような上目遣いで坂巻に会釈をした後、その後ろに控えるスーツの女に視線を移し、ぎょっとした顔になる。

「潤……」

「ご無沙汰しています」

ぎこちない沈黙を埋めるように、坂巻が口を開く。

「お休みのところすんません。神奈川県警捜査一課の坂巻と申します。少しだけ、お話をよろしいですか」

坂巻の警察手帳を見た後、狩野が戸惑ったように潤を見る。

「潤はいま、刑事なのか」

「いえ。応援で聞き込みに参加しているだけで、いまは交機隊です。白バイに乗ってます」

「本当か。すごいじゃないか。昔から白バイに乗りたいって言ってたもんな」

狩野が笑顔になる。

「ありがとうございます」

潤も頬を緩めた。

「事件にバイクが深く関係しとるようなので、川崎に手伝ってもらっとるとです」

「そうでしたか」

いったん納得した様子を見せた後で、眉根を寄せる。

「バイクに関係しているって、どういうことですか」

「ある事件の現場から逃走したバイクを捜しています」

潤が説明した。

「そういうことか。もちろん協力はするが、なんでおれのところに?」

「実は、その逃走したバイクに『チーム厚木』のステッカーが貼ってあったようなんです」

「なんだって?」

「狩野さん、バイクは……」

潤がカーポートを覗き込むようにすると、狩野は気まずそうに肩をすくめた。

「実は二人目が産まれたのを機に、手放したんだ。もともと嫁さんは、バイクなんか危ないからってあまりいい顔してなかったしさ。だから最近は『オオムラ』にも顔を出していない」

「そうだったんですね」

「さすがに手放すときは寂しかったけどな。一緒にいろんなところに出かけた相棒だったたから。でも、家で埃をかぶらせておくよりは、新しいオーナーに乗ってもらうほうがいいだろう」

「バイクの車種は」

坂巻の質問に応えたのは、潤だった。

「狩野さんはたしか、ドゥカティのモンスターでしたね」

「よく覚えてるな。潤はたしか……カワサキのニンジャだったか」

「そうです」

「まだ乗ってるのか」

「休みの日には」

「そうか。いいな」

狩野が羨ましそうに目を細める。

「ところでその、現場から逃走したバイクの車種はわかってるのか」

「アプリリアRS250です」

「RS250か。RS250に乗ってた『チーム厚木』のメンバーといえば……」

狩野が記憶を辿り、数人の名前を挙げる。

坂巻は手帳に素早くペンを走らせ、書き留めた。

「……思いつくのはそれぐらいかな。申し訳ない」

「いいえ。じゅうぶんです。ご協力ありがとうございます」

坂巻が頭を下げる。そして上体を起こしながら、さりげなく言った。

「ところで狩野さんは、望月隆之介という男をご存じですか」

「えっ……もちろん知ってます」

狩野は動揺した様子で、ちらちらと潤を気にするそぶりを見せる。

「最近、望月と連絡を取ったりなさったことは……」

意図的なのか、坂巻はやや声を低くした。

狩野が両手を振る。

「いえ、最近はまったく。望月がどうかしたんですか」

「一番最近でいつ、連絡を取られましたか」

「そう言われましても、あの、あれ以来、まったく連絡を取っていないので」

「あれ、というのは？」

坂巻に追及され、狩野が横目で潤を見る。

潤は大丈夫です、という感じに頷いた。

狩野が苦しげに声を絞り出す。

「望月が起こしたひき逃げ事件です。あれ以来、あいつはバイクショップにも顔を出さなくなったし、そのうち行方もわからなくなりました」

「ということは、およそ五年、まったく連絡を取っておらんかったということですね」

「そうです」

坂巻は潤に目で合図を送り、手帳を懐にしまった。

「わかりました。お時間取らせまして。ご協力感謝いたします」

「いえ。とんでもありません」

「行こう。川崎」

坂巻が歩き出した。

潤も狩野に会釈をし、その場を立ち去ろうとした。

が、「潤」と呼び止められた。

狩野はしばらく躊躇うそぶりを見せた後、意を決したように顔を上げた。

「あのときは、ごめん。みんなわかってたんだ、おまえが正しいって。おまえが一番辛《つら》いんだって。なのにあんな態度を取って……みんなおまえよりも年上だったのに、おとなげなかったと思う。そのことを、ずっと謝りたかった」

潤はなかば放心状態で聞いていた。

「ごめん。本当にごめん」

頭を下げられ、顔を横に振ることしかできない。

狩野は言った。

「よかったな。夢が叶《かな》って。おめでとう」

乾いた大地に雨水が染みるように、その言葉は潤の心にすんなりと届いた。

「子育てが落ち着いたら、いつかまた単車に乗りたいと思ってる。そのときは、一緒に走ろう」

口を開くと泣き出してしまいそうだったので、ただ笑顔で頷いた。

2

「腹減らんか」

ハンドルを操作しながら坂巻が発した言葉に、潤は笑った。

「なんな。なにがおかしいとな」

「だって、さっき同じ質問してから、まだ十分ぐらいしか経ってないから」

「そうやっけ」

先ほど潤は「まだ平気です」と応えたのだ。どうやら潤の空腹を心配していると いうより、坂巻自身が空腹に耐えられなくなっただけらしい。

「そろそろお昼にしましょうか」

「すまんな。なんか食べたいものあるか」

なにがいいか考えようとしたとき、ロードサイドの看板が目に入った。パスタのチェーン店のものだ。

「パスタがいいです」

「ちょうどあそこにパスタ屋があるけど、あそこでいいか」

坂巻は偶然だと思ったらしい。

「もちろん」

駐車場に車を止め、店に入る。すでに午後二時近くになっているせいか、待たされることもなくすんなりボックス席に案内された。

出された水を一気飲みして、坂巻が言った。

「どうな、初の聞き込みは。地味すぎてつまらんやろ」

「つまらないってことはないですけど、大変な仕事ですね。自分たちのやっていることが、正解に向かっているのかすら見当もつかない感じがします」

「的はずれなことでも、無駄なことなんて一つもないったい。ハズレの可能性を全部つぶしてしまえば、自《おの》ずとハズレじゃないものが残る。そこで浮かび上がるのが真相たい。刑事の仕事ってのは、そういうもんさ」

「なるほど」

素直に感心した。

すると肩を震わせてうつむいていた坂巻が、堪えきれなくなったように笑った。

「ぜんぶ峯さんの受け売りやけど」

「なぁんだ。坂巻さんもたまには良いこと言うんだと思ったのに」

「おいおい。たまには、ってなんな。なんか本田に似てきとるとやないか。悪影響を受けたらいかんぞ」

店員が注文を取りに来たので、潤はしらすを使った和風パスタを、坂巻はカルボナーラの大盛りを頼んだ。

「まあしかし、よかったたたい」

「なにがですか」

「誰も、川崎のことを嫌っとらんみたいやっか」

潤は曖昧な笑みで応じた。

狩野の後、三人の元『チーム厚木』のメンバーに聞き込みを行ったが、全員が狩野と同じように謝ってきた。次に大村の店で顔を合わせたときに謝ろうと思っていたのに、それ以来、潤が店に顔を出すことはなくなり、ずっと後悔を抱いていたと泣き出す者もいた。かたくなだった自分が滑稽に思え、びくびく逃げ回っていた自分が恥ずかしくなった。

パスタが運ばれてきた。

坂巻はラーメンを食べるように豪快に麺を啜り、あっという間に皿を空にしてしまった。慌てて追いかけようとする潤に、手の平を向ける。

「急がんでいいぞ。ちょっと本部に電話してくるけん。ゆっくり食べとけ」

「わかりました」

坂巻は席を立ち、駐車場に出て行った。

スマートフォンを耳に当て、電話している様子がガラス越しに見える。

たしかに食べ急ぐ必要はなかった。坂巻が戻ってきたのは、潤が食事を終えて五分ほど経ってからだった。

「すまん。待たせた」

「いえ。平気です」

すぐに出るのかと思って腰を浮かせかけたが、坂巻は店員を呼び止め、「コーヒー一つください」と人差し指を立てている。

「川崎は、なんか飲むや」

「じゃあ、レモンティーを」

愛想笑いで応じた店員が、キッチンのほうに消える。

「ところで、川崎――」坂巻が顔の前で両手を重ねる。

「『パパ活』って、知っとるか」

「『パパ活』……？　聞いたことありません。なんですかそれ」

「若い女性が、金をもらっておっさんとデートすることらしい。『パパ』ってのは父親のことじゃなく、経済的な援助をしてくれる『パパ』みたいやな」

「昔の援助交際みたいなものですか」

「援助交際と違って、肉体関係はないらしい。ただ食事したり、どこかに遊びに行ったりするだけだと」

「坂巻さん……」

汚いものを見るような目をすると、坂巻は顔を真っ赤にして否定した。

「違う！　おれがやっとるわけやない！」

「わかってますよ。冗談です」

「ならいいけど」

坂巻がネクタイを緩め、グラスの水を飲み干す。

「その『パパ活』がどうしたんですか」

「いま捜査本部に電話して聞いたんやが、ガイシャがそれをやっとったことがわかったらしい」

「殺された矢作《やはぎ》がですか」

坂巻が神妙な顔で頷いた。

「矢作は風俗関係専門の行政書士として活動しとったんだが、矢作が顧問を務めるファッションヘルスに、矢作の紹介で入店したという女がいたらしいんだ。その女が矢作と知り合ったきっかけが、『パパ活』だったっちゅう話だ」

「矢作は風俗店のスカウトみたいなことをやっていたんですか」

「そういうことになるが、最初はあくまで『パパ活』自体が目的やったようだ。ただ、さっき『パパ活』は肉体関係を伴わないと言うたが、なんだかんだで手っ取り早く金を稼ぐために、売春に走る女も少なくないらしい。もちろんおっさんのほうも下心があるから、そういう方向に持っていこうとする。その結果、売買春の温床になっているという話だ」

それはそうだろう。物事はエスカレートする。男たちが金をちらつかせて欲望を成就しようとするのは想像に難くないし、ほかの女を出し抜くために一人が一線を越えてしまったら、後はなし崩しだ。

「話を聞いた捜査員によると、その風俗嬢もはっきりとは言わんが、矢作に売春していたふしがある。矢作からもっと安全に稼げる方法があると言われ、いまの店を紹介されたと話しとる。女の稼ぎの一部は、店から矢作にマージンとして流れとった。そのへんは、そこらでナンパまがいのことをしているスカウトマンと同じシステムやな」

「矢作には裏の顔があったということですね。自分が『パパ活』をしているなんて奥さんに言うわけがないし、そこで知り合った女を風俗店に紹介してお金をもらってることも、当然言えるわけがない。矢作は殺害された日の夜、奥さんに嘘の予定を伝えて出かけています。もしかしたら、そっちのほうの関連の人物と会う予定だったのでは?」

「それはじゅうぶんにありえる。問題は、それが『チーム厚木』のステッカーを貼ったバイクとどう結びつくか、やな」

坂巻は顎をさわりながら、鼻に皺を寄せた。

望月が『パパ活』——ありえない。

望月が売春——もっとありえない。

「矢作はどうやって若い女と知り合っていたんでしょうか」

「矢作に風俗の仕事を斡旋《あっせん》された女によると、友人の紹介らしい。横のネットワークみたいなものがあるようやな。売春までやってるとなると、初対面の男と二人きりでホテルに入ったりもするんやろうから、客筋の情報は共有しといたほうが危険を回避できる、っちゅうことか。これからそっちのつながりを辿ってみるらしい」

ふと記憶が蘇った。

――ちょっといまはお休み中。

アルバイトについて質問したときの、涼子の返答だ。あの話題に及んだときの涼子は、歯切れの悪い回答に終始していた。

そしてなにより、事件に涼子が関係していると仮定すれば、望月が必死に動き回るのも理解できる。望月は娘を守るために、なにかをしているのではないか。

注文したレモンティーが目の前に置かれ、はっと我に返る。

いくらなんでも飛躍し過ぎか。

首をひねりながら一口飲むと、坂巻が笑った。

「どうした。不味《まず》いとや」

「いえ。そんなことないです」

微笑で応え、ふたたびカップに口をつける。

レモンティーの澄んだ表面に波紋が広がった。

「坂巻さん」

「ん？」

坂巻はコーヒーカップをスプーンでかき混ぜていた。

「もしかしたら私の思い過ごしかもしれないんですけど、お伝えしておきたいことがあります」

急にあらたまった調子になった潤を、坂巻は怪訝そうに見た。

3

午後の取り締まりを終えて分駐所の近くまで来たところで、木乃美はブレーキをかけた。

分駐所と道路を挟んだ歩道に原付バイクを止め、様子をうかがっているのは、涼子ではないだろうか。

白バイを近くまで寄せると、涼子は一瞬だけ嬉しそうな顔をしたものの、木乃美がヘルメットのシールドを持ち上げたとたんに、がっかりしたように肩を落とした。おそらく潤と間違われたのだろう。このところ潤のハズレ扱いばかりだ。

「こんにちは。もしかして、潤に用？」

「いや。えーっと……」

涼子は頬をかきながら、分駐所のほうを気にしている。

「せっかく来てくれて申し訳ないんだけど、潤は今日、本庁の捜査本部に参加しているの。戻りはかなり遅くなると思う」

「そうなんだ。別にいいけど。たまたま近くを通りがかっただけだし」

言葉とは裏腹に、表情には落胆が滲んでいる。

「ちょっと寄っていく?」

分駐所を指差すと、涼子は両手を振って後ずさった。

「いいよ。もう帰るから」

そういうわけにはいかない。周囲には捜査員らしき車両も人影も見えないから、また行確を撒いてきたのだろう。捜査本部に連絡し、所在を伝える必要がある。

「そんなこと言わずに、せっかく来たんだから。こういう機会、なかなかないよ。ついておいで」

一方的に告げて、会話を打ち切るようにシールドを下ろした。こういうときは、勢いで押し切ったほうがいい。

走り出しながらバックミラーに目をやると、涼子がおずおずと原付バイクを発進させるところが見えた。どうやら木乃美の目論見《もくろみ》通りに、ついてきているらしい。

分駐所の敷地に入り、ガレージに向かう。

ちょうど取り締まりから戻ってきたところらしく、梶が出てきた。

「お疲れ。本田」

木乃美の後ろをついてくる原付バイクに気づき、梶は小首をかしげた。

「お疲れさまです、梶さん。こちらは竹山涼子ちゃんです」

バイクに跨ったまま、後ろに顔をひねって紹介する。梶だけに見えるように、片目を瞑って合図を送った。涼子については、すでに報告済みだ。A分隊全員がその存在を認識している。

とはいえ、望月のバイクを追っていたら望月の娘と出会ったという話の内容は覚えていても、涼子の名前までは覚えていないのだろう。梶が「誰だ」という顔をする。

「話したじゃないですか。潤と一緒のときに出会った女の子」

「ああ」

望月の、と続けようとしたのだろう。梶が慌てて言葉を飲み込み、言い直す。

「あの話か」

「潤に会いに来てくれたみたいなんですけど、今日は潤、一日いないじゃないですか。せっかくだから、私が分駐所を案内しようかと思って」

木乃美がただ案内しようとしているわけでないのは、察してくれたようだ。

梶がにっこりと笑う。

「そうか。いらっしゃい。ゆっくりしていってよ」

涼子は軽く首を前に突き出して応じた。

エンジンを止め、ガレージにバイクを押して入ると、「すげ……」涼子が呟きを漏らした。

広々としたガレージには、十台ほどの白バイが鼻先を揃えている。

「まだ取り締まりから戻ってないのもあるから、あと……二台あるよ」

山羽と元口のバイクがないのを確認しながら、木乃美は言った。

涼子が居ても立ってもいられないという感じに、木乃美の前に歩み出る。それから振り返って訊いた。

「見てもいい？」

「いいよ」

木乃美の許可が下りると同時に、涼子が早足でバイクの列に駆け寄る。まるで遊園地に出かけた子供だ。

「触ってみてもいい?」

「もちろん。シートを跨いでもいいよ」

キーは事務所に保管しているので問題はない。

白バイに夢中になる涼子に目を細めていると、元口が戻ってきた。

「おーす」

「お疲れさまです。元口さん、彼女は――」

涼子を紹介しようとすると、わかっている、という感じの頷きが返ってきた。

「知ってる。さっきそこで梶さんに聞いた」

元口が所定の位置に自分のバイクを駐車する。

「ねえ、このスイッチはなに?」

涼子が右ステアリング根元付近のスイッチを指しながら訊く。

「それは回転灯とかサイレンだな」

木乃美に質問したつもりだったようだが元口に答えられ、涼子が少し警戒する。

だがそんなことで怯む元口ではない。

「オフの状態からPとMとSってスイッチが切り替えられるようになってるだろ。

Pがパトランプ、Mがマイク、Sがサイレンの意味だ」

「そうなんだ」

「鳴らしてみるか」

「本当に？」

どうやら涼子の警戒を解くことに成功したらしい。

木乃美は元口に歩み寄り、電話をするジェスチャーをした。

「元口さん。いいですか」

「わかった」

元口が人差し指と親指で輪を作る。

木乃美はガレージを離れ、県警本部に設置された捜査本部を呼び出した。

涼子はやはり、行確の捜査員を撒いて逃げ出してきたらしい。涼子の身柄を預かっていると伝えると、応対した署員は安堵した様子だった。

そしてすぐに涼子の行確担当者をそちらに向かわせると言った上で、気になることを付け加えた。

「そういえば、先ほどうちの坂巻からも、竹山涼子の所在を確認する電話がありました。ちょうどマルタイの行方がわからなくなったと、バタバタしていたときだったんですが」

「坂巻が？」

いったい涼子になんの用だろう。

坂巻には自分から連絡すると伝え、電話を切った。

すぐに坂巻の番号にかける。

何度目かの呼び出し音の後、つながった気配がしたものの、元口がサイレンのデモンストレーションを始めたらしく、サイレン音にかき消されて相手の声が聞こえない。

ガレージから遠ざかるように歩きながら呼びかけた。

「もしもし。もしもし」

かなり歩いたところで、ようやく相手の声が聞こえた。

「もしもし、木乃美？」

潤だった。

「坂巻さんはいま運転中だから、私が電話に出てる。なんかそっちうるさいな。サイレン？」

「そう。元口さんが涼子ちゃんのためにデモンストレーションしてるの」

「涼子ちゃん、一緒なの？」

驚いた様子だ。

「うん。いま一緒にいる。分駐所の近くに立ってたんで、声をかけて連れてきたんだ。たぶん、潤に会いに来たんだと思うよ」

「そうか」

やや気まずそうな、微妙な反応が引っかかった。

「どうしたの」

「詳しいことは後で話す。急いでそっちに向かうから、引き留めといて」

「わかった……」

首をひねりながら電話を切る。

そのとき、山羽のバイクが戻ってきた。

速度を緩め、木乃美の横で停止する。

「おかえりなさい。お疲れさまです」

「いったいなんの騒ぎだ」

山羽はガレージのほうを見て眉根を寄せた。

木乃美は成り行きを説明した。元口が涼子のためにサイレンのデモンストレーシヨンをしているという話には笑っていた山羽だったが、潤との通話の内容を伝えると、難しい顔つきになる。

「そうか。あの子が事件に関係している可能性があるってことだろうな」

聞き込みを中断してまでこちらに向かうのだから、それしか考えられない。

ガレージを振り返ると、涼子と、バイクを押した元口が談笑しながら出てくるところだった。サイレン音に誘われたのか、いつの間にか梶も加わっている。

山羽の戻りに気づいた元口が、口に手を添えた。

「これからこの子に、走りのプロの超絶テクを見せつけてやります！」

「若い子が見てるからって調子に乗るなよ！」

「わかってますって！」

エンジンをかけた元口が、スラロームや8の字ターンなどを披露する。いつもより張り切っているのがエンジン音からもわかるが、涼子のらんらんと輝く瞳を見れば、それもやむなしかと思える。

それにしてもこの子がいったい、なにを——？

その答えがわかったのは、潤と電話で話してからおよそ一時間後だった。

坂巻の運転する覆面パトカーが敷地に入ってきて、駐車スペースに向かう。助手席の潤に気づいたのだろう。涼子の視線は元口の白バイから、覆面パトカーに移っていた。

やがて車を降りた坂巻と潤が、こちらに向かって歩いてくる。

「よう、川崎。いま涼子ちゃんに、おれさまの天才的なライテクを披露していたところなんだ」

事情を知らない元口がバイクを止め、潤に声をかける。

潤はお愛想程度の笑みを元口に向け、涼子に訊いた。

「涼子ちゃん。あなたたしか、バイクの購入資金を貯めるためにアルバイトをしているって言ったよね。あれ、なんのアルバイト？」

面食らったように目を瞬かせた涼子が、笑いながら言う。

「なに。いきなり」

「なんのアルバイトをしているのか、教えて欲しいの」

「言ったじゃん、接客業みたいなものだって」

「みたいなもの、ってなに。接客業なの。そうじゃないの」

「接客業」

「じゃあ働いてるお店の名前、教えて。確認するから」

「いきなりどうしたんだよ、川崎。なにをそんなにキレてんだ。相手はまだ十六歳の子供だぞ」

元口が当惑しながら、潤と涼子の間で視線を往復させる。

「キレてません。少し黙っててもらえますか」

毅然《きぜん》とした口調に、元口が口を噤《つぐ》む。

涼子は潤の態度に心当たりがあるらしく、すっかりうつむいていた。

「ちょっと来て」

潤は涼子の手を引いて歩き出した。

4

「『パパ活』、やってるのね」

覆面パトカーの後部座席で二人きりになり、あらためて質問してみたが、涼子からの返事はない。

「やってるのね」

もう一度、先ほどよりも強い口調で確認すると、涼子は両膝に置いた自分のこぶしを見つめたまま、吐き捨てるように言った。

「いまはやってないよ」

嫌な予感が当たってしまったと、暗澹《あんたん》たる気分になる。

残念なことに、と表現するのが適切かはわからないが、これで被害者の矢作と望月の間に、接点が見つかった。矢作が涼子を相手に売春を行っていたとすれば、望月には矢作を殺す動機も存在することになる。

「いまはやっていなくても、やってたのね。お金をもらって、知らない人とホテルに行ったり――」

すると涼子が顔を上げた。

「売りはやってない！　やってる子もいるけど、私はやってない」

売春までに至ってはいないというのは、やはり重要なポイントのようだ。必死の表情で訴えかけてくる。

「だけど『パパ活』がいいことじゃないという認識はあったのよね。なにをしてお金を稼いでいるのか、私にははっきり言えなかったんだから」

潤を見つめていた眼差しが、やがて弱々しく萎《しぼ》む。

「いいことか悪いことか、よくわからないけど、お父さんにやめろって言われたから……」

「お父さんって、いま一緒に暮らしているほうの？」

潤がすべて言い終わらないうちから、涼子はかぶりを振っていた。

「違う。本当のお父さん」

「望月さんに会ったの」

無言は肯定と解釈して、差し支えないだろう。

「連絡を取り合っているの？」

涼子は顔を横に振った。

「たまたま会ったんだ。『パパ活』をしているときに」

「いつ、どこで」

「二か月くらい前に、川崎で。チッタで映画を観て、駅まで歩いている途中で、ばったり。まさかあんなところにいると思わなかったから……」

「それは、年配の男性と一緒のときに、ということよね」

涼子は頷いた。

「手を、繋いでた。お父さん、私の顔を見たときには逃げ出すのかと思うほど怯えた顔したのに、おじさんと手を繋いでるのを見た瞬間、すごく怖い顔になって……

一緒にいたおじさんに、おまえは誰だって言いながら摑みかかった。私が止めたら、こういうことはやめなさい……って。だから私、言ってやった。私とお母さんを捨てて出て行ったくせに、いまさら父親面《づら》するなって。お父さん、悲しそうな顔になって歩いていった。それからは『パパ活』やってない」

最後のほうは声が震えていた。

「そのとき一緒だった男の名前は？」

娘に手を出した男を殺した、ということだろうか。

涼子が顔を上げる。

「なんだっけな。吉田《よしだ》さんとか、そんな名前だった気がするけど。でも本名かどうかはわからない。私も本名名乗らないし」

潤は自分のスマートフォンに保存していた矢作の写真を見せた。

「こんな人じゃなかった？」

細い目に薄い唇。額が禿げ上がっており、顎全体にうっすらと髭を生やしている。

涼子は写真を見たとたん、かぶりを振った。

「違う。何人もおじさんに会ったけど、この人は見たことない」

涼子は矢作と面識がない。

ということは、どういうかたちでつながっているのか。

ここに至って、それぞれの要素がまったく無関係ということはないはずだ。

「本名を名乗り合わないような間柄で、どうやっておじさんと知り合うの」

涼子は苦しそうに表情を歪めた。

涼子は売春を「やってる子もいる」と言っていた。ネットワークが存在するのだ。仲間を売ることを躊躇っている。

「人が死んでるの。そして、事件にはお父さんの関与が疑われている」

あえて抑揚をつけずに告げると、涼子が顔面蒼白《そうはく》になる。

それでも涼子はしばらく葛藤しているようだったが、やがて口を開いた。

「友達から連絡が来るんだ。いつ、どこで会える人を捜してるんだけど……って」

「その友達の名前は」

「愛菜《あいな》」

「苗字は」

「知らない。SNS上の友達だから、よく知らない。川崎の高校に通っている女の子らしいけど」

「その友達のアカウント、教えてくれる?」

涼子は素直にスマートフォンを操作し、ＳＮＳの画面を見せた。

『愛菜@裏垢』というアカウント名だった。プロフィール写真は顎から胸もとまでを捉えており、カットソーの襟もとから胸の谷間が覗いている。若い女性ということはわかるが、顔まではわからない。

「この愛菜って子と、会ったことはあるの」

「ない。メッセージのやり取りだけだから」

潤は涼子からスマートフォンを受け取り、愛菜のアカウントのホーム画面をスクロールさせた。『パパ活』希望の男たちへの注意事項のほかには、ほとんど投稿がない。『裏垢』は裏アカウントの略だろうから、表のアカウントは別に存在しており、これは『パパ活』だけのために取得したアカウントなのだろう。

——一時間につき五千円。基本会うのは川崎で。県内全域出張できますが、交通費は男性が全額負担。その他、デート中の食事代や買い物代も男性が負担。手つなぎや腕組みなどのスキンシップについてはその都度意思確認を。ここに書いていないことでも、私が不快だと判断した場合にはすぐに帰らせてもらいます。返金には応じません。

ずいぶん虫のいい条件に思えるが、それでも若い女性と会いたがる男が存在するから、こういう活動が成り立つのだと思うと、うんざりする。

「愛菜って子とのメッセージのやり取り、見てもいい？」

さすがに抵抗があるようだったが、少しの躊躇の後、涼子は同意した。

メッセージの画面を開く。

画面の最上部に最新のメッセージが表示されており、下にスクロールさせると過去のやり取りを遡ることができる。

実の父と川崎でばったり遭遇して以降、『パパ活』をやっていないという涼子の言葉に、嘘はないようだ。二か月前までは、愛菜からの一方的な送信が続いている。どこの駅に何曜日何時に来られないかという、『パパ活』を誘う内容だった。

それ以前になると、涼子のほうからも返信していた。

涼子は継父との関係について、愛菜に相談していた。継父である竹山昌也は献身的に尽くしてくれており、涼子としてもその気持ちに応えなければという思いはあるものの、どうしても昌也を受け入れることができないのだという。昌也の存在を受け入れれば、自分の中で実の父の存在が消えてしまう気がするのだと、涼子は赤裸々な胸中を綴《つづ》っていた。

「竹山さんって、望月さんと知り合いだったの」

メッセージではそう読み取れる箇所があった。

「あの人、お父さんの地元の後輩だったらしい。なんでも、あの人もオートバイ・ロードレーサーを目指していたけど、挫折したんだって。それでメカニックのほうに方向転換して、その後、中古車のディーラーを始めたら、けっこう成功したって聞いた。昔からよくうちに遊びに来てて、お父さんを慕ってる舎弟って感じだった。そのときは、別に嫌いじゃなかった。でも……」

新しい父親となると話は別、ということだろう。気持ちはわかる。

「あの人、信用できないんだ。お父さんが家を出て行ってからも、私たちを心配するふりをしてしょっちゅううちを訪ねて来てたけど、なんかお母さんへの下心丸出しっていうか、最初から私の新しいお父さんになる気満々ていうか……」

実際、竹山にそういう下心があったのか、涼子が父を慕うあまりそう見えただけなのか、ほんのわずかな時間、竹山と接しただけの潤には、判断のしようがない。

メッセージ画面を閉じ、今度は涼子のタイムラインを遡る。

――もう二度と見つからないのかな。

――どこに落としたんだろう。

――すごく大切なものだったのに。

ところどころに気になる投稿があった。

「なにかをなくしたの」

「あ。それ……」

液晶画面を覗き込んだ涼子が、恥ずかしそうに目を伏せる。

「うん……すごく大事にしてたのに、どこを捜しても見つからないから、もういいんだ」

「なにをなくしたか、教えてくれる？」

「お守り。お父さんが家を出るときにくれた」

涼子の答えに、愕然となった。

「お守りってまさか、ガーディアン・ベル？」

「たしかそんなふうな名前だった気がする。鐘のかたちをしたやつ」

潤は自分のスマートフォンを操作し、遺留品の写真を表示させる。

「これ？」

涼子は大きく目を見開いた。

「どうしたの、この写真。ずっと捜してたのに」

「ずっとって、どれぐらい？」

「一か月ぐらいかな、なくなったのに気づいたのは。いつも持ち歩いてるバッグのストラップの金具に付けていたのに、いつの間にかなくなってた」

「もしかして、涼子ちゃんの家を張り込んでいる捜査員を撒いて逃げ出していたのは、このガーディアン・ベルを捜すため？」

「ごめんなさい。心当たりのある場所を捜してまわってたんだけど、警察に見られたら怪しまれると思ったし、あのお守りをお父さんからもらったことは、お母さんには内緒にしていたから」

涼子が申し訳なさそうに肩をすくめる。

「お父さんは殺してない……」

「え？」

「お父さんは殺してないの！　このガーディアン・ベルは、殺人現場に落ちていた。だからお父さんが疑われていたの！」

涼子の両肩を摑んで言う間、涼子は放心したように口を半開きにしていた。

「ガーディアン・ベルは一か月ほど前に、涼子ちゃんのもとから盗まれていた。つまり本ボシは現場に遺留品としてガーディアン・ベルを残し、望月を犯人に仕立てようとしていた可能性がある……ってことか」

山羽が言い、潤は頷く。

「あくまでも可能性として、ですが」

そうは言ったものの、潤の中ではほとんど既成事実になりつつあった。

涼子がたまたまあの場所でガーディアン・ベルを落とした。あるいは涼子から盗んだ何者かが、たまたまあの場所でガーディアン・ベルを落とした。そういう可能性もないわけではない。だが涼子も、被害者の矢作も『パパ活』を行っていたという共通点までもが、偶然の一致だとは思えない。ガーディアン・ベルはなんらかの意図を持って、あの場所に残されたに違いない。

5

「矢作が殺害された日、涼子ちゃんはどこにいた」

山羽が探るような口ぶりになる。

涼子の証言が虚偽である可能性を考えたのだろう。実際にはガーディアン・ベルが盗まれておらず、ずっと涼子が所持していたとすれば、涼子がもっとも疑わしい存在になる。

「自宅にいたと証言しています。母親もその日、涼子ちゃんはたしかに自宅にいたと言っているようです。もちろん肉親の証言ですから、裏付けとして弱いのは承知していますが、私には、涼子ちゃんが嘘をついているようには思えません」

みなとみらい分駐所の事務所だった。涼子を自宅まで送り、戻ってくると分隊長の吉村は帰宅していた。坂巻は愛菜という少女の身元を割り出すために捜査本部に戻り、事務所には潤、木乃美、山羽、元口、梶の五人だけになっている。

自分のデスクに尻を載せて話を聞いていた元口が、手を上げる。

「川崎の言い分はわかった。だが、望月をどうしても犯人にしたいわけじゃないが、殺してないならどうして望月は逃げ回ってる」

元口の隣のデスクで梶が同意した。

「たしかにそうだ。やってないならさっさと出頭して、アリバイでもなんでも証明したらいいじゃないか」

「なにか捕まったらまずい事情でもあるのかな。そもそも無免許だからってこともあるんだろうけど」

木乃美が虚空を見上げる。

「矢作を殺したのは望月じゃないけど、望月にはぜんぜん別の余罪があって、それが明らかにされるのを恐れている、とか」

元口がさも良い考えを思いついたという顔で、指を鳴らす。

「だったらとっとと遠くに逃げちゃえばいい話じゃないか。神奈川に留まっているのはおかしいだろ」と梶。

「そうか。でも、いまは神奈川県から脱出してる可能性がありますよ。もう五日前だっけ、望月が竹山宅の付近に出没したのは」

「そうです」

木乃美が答え、潤が付け加える。

「黒のRS250の目撃情報があったというだけで、それが望月さんかどうか、断定はできませんけど」

とはいえ潤は確信している。望月は娘の様子を見に来たに違いない。

元口は言う。

「だったら、もう神奈川にはいないかもしれない。望月は警察から逃げ回りながらチャンスをうかがっていて、最後に妻子の顔を見るために、危険を冒して竹山宅の近くまで行ったんだ。そして妻と子にひそかに別れを告げて、遠くへ逃げた」

「おまえはそろそろ奥さんから別れを告げられそうだろ」

梶が言い、元口は両手を広げた。

「だったらいいんですけど、残念ながら当分、その気配はなさそうです。よほどおれに惚れてるんですかね」

「不細工なの自覚してるから、次が見つからないのわかってるんだろ」

「うーん。否めない！」

二人のやり取りを笑いながら見ていた木乃美が指摘する。

「家族に会いたくて県内を逃げ回っていたっていうのは、変です。だって事件発生から十日ほど経過するまで、捜査線上に望月の名前は上がっていないんです。最後に家族の顔を見て逃亡するというのなら、その十日間でできたはずです」

それに反論したのは梶だった。

「だが元妻は再婚して引っ越しているんだろう？　望月は、妻子の居所を知らなかったんじゃないか。それまでは気にもかけなかったが、いざ警察に追われる身になったら心細くなって、捨てた妻子の顔を見たくなった。しかし現在の居所は知らなかったので、探すのに時間がかかってしまった……とかならどうだ」

「それなら、筋が通るかな」

木乃美が腕組みして下唇を突き出す。

山羽が、話題を変えた。

「ガーディアン・ベルを現場に残して望月に罪を着せようとしたやつが、かりにいたとして、そいつはそのガーディアン・ベルの意味合いを知っていたことになる」

「そうです。犯人はガーディアン・ベルが望月さんから涼子ちゃんの手もとに渡っていることを知っていて、さらに涼子ちゃんの鞄《かばん》からガーディアン・ベルを外して持ち去っていることを考えると、どこかで涼子ちゃんに接触していると考えられます」

潤が答えた。

「だとすれば、これまでとは違う意味で、竹山涼子の見張りが必要になるのかもしれないな」

山羽の言う通りだ。街ですれ違う程度では、鞄につけていたアクセサリーを取り外すことなどできない。

「とにかく愛菜……だっけ。その子の身元を割り出すのが先決なんじゃないですかね。そうすれば、自ずと犯人にも行き着くでしょう」

元口の楽観的な見解に、山羽はやや懐疑的なようだ。

「どうだろう。その愛菜って娘が犯人ならそれで一件落着かもしれないが、その子と望月の娘は、互いの顔すら知らないのに友人関係だったわけだろう？　おれの世代だと、ちょっと信じられないが」

「おれらもですよ。なあ」と梶が元口を見る。

「いや。おれと梶さんじゃ、世代が違いますから」

一緒にするなとばかりに、元口が梶との間に手刀で見えない線を引く。

「なんだよ。世代が違うっていっても、おれたち二つしか違わないだろうが」

「でも梶さんは三十代です。おれたちは二十代。な、本田と川崎」

同意を求められた潤と木乃美は苦笑するしかない。

「理解できないっていえば、あのシステムもだよ。ネットショッピングサイトのクーポン券を上納金代わりにしてたってやつ。あれいまだによく理解できてないんだけど」

山羽がこめかみをかきながら、説明を求めるように潤を見る。

「坂巻さんによると、最近増えてきているらしいですよ。インターネット通販サイトのギフト券を、金銭の代わりにした取り引き」

「よく考えたよね。あれならクーポン番号を知らせるだけでいいから、銀行の口座番号を相手に知らせたりもしなくていいんだもん」

木乃美は感心した様子だ。

涼子と愛菜のメッセージのやりとりを見る限り、愛菜はどうやら『パパ活』の元締めのようなことをしているらしい。愛菜の誘いに応じた少女は、客の男に本名を名乗ることはなく、愛菜として男に会う。そして男から支払われた料金のうち、仲介料として二割を愛菜に支払う。ただし現金の受け渡しも口座への振り込みもなく、少女が料金の二割ぶん相当額のインターネット通販サイトギフト券を購入し、そのクーポン番号を、メッセージで愛菜に伝える仕組みだ。これで愛菜はいっさいの個人情報を誰にも知られることなく、『パパ活』を仲介し、利益を手にすることができる。

「世の中、悪いやつのほうが知恵がまわるもんだよな」

もっともらしい口調の元口に、梶が冷めた横目を向ける。

「たしかにそうだな。おまえを見てるとよくわかる」

「おれ、そんなに悪い男に見えますか」

「頭がな」

元口と梶の不毛な会話を、山羽の手を叩く音が終わらせた。

「まあいい。後は捜査一課にお任せだ。各自、仕事に戻れ」

6

「この愛菜という女性は、川崎市内の複数のネットカフェからＳＮＳにアクセスしていました。家庭用パソコンやスマートフォン等、ＩＰアドレスから個人を特定させないようにという目的もあったのでしょうが、もう一つ、大きな狙いがあったようです」

少し吐息の混じったような艶っぽい女の声を、坂巻はうっとりしながら聞いていた。

すると、耳もとで低い男の声が囁《ささや》く。

「坂巻。聞いてるのか」

はっと我に返り顔をひねると、峯はにやにやと目を細めていた。見とれてないで仕事をしろ、という感じに顎をしゃくられる。

正面に視線を戻すと、佐久間《さくま》のり子《こ》が半分ほど椅子を回転させ、捜査一課の刑事二人を見上げていた。彼女は坂巻より一つ年上だが、まだ一年目。今年の春からサイバー犯罪対策課に採用された、サイバー犯罪捜査官だという。昨年度までは、渋《しぶ》谷《や》のＩＴ企業でＳＥをしていたという話だ。

昨日、竹山涼子の友人だという愛菜なる少女のアカウントを解析し、個人を特定して欲しいという依頼をするために、サイバー犯罪対策室を訪れたのが初対面だった。以来、のり子からの連絡をいまかいまかと待ち続けた。念願のサイバー犯罪対策室からの電話が鳴ったのは、まる二十四時間経ったころだった。

坂巻と峯は、背後からのり子のパソコンのディスプレイを覗き込むように立っている。

「続けても？」

のり子がやや白けたような冷たい目で坂巻を見る。

その気《け》はまったくないつもりだったが、もしかしたら自分はＭなのかもしれないと思いながら、坂巻は頷いた。

「お願いします」

「どうやら、一緒に暮らしている人間に知られたくなかったんです」

「たしかに、『パパ活』をしとるということは、家族には内緒にしときたいでしょうね。しかもほかの女の子にまで斡旋して、仲介料を取っとるなんて」

坂巻は納得したが、峯は腕組みをして首をひねった。

「それにしても神経質だな。娘のスマホでのやりとりまでチェックする親なんかいるだろうか。まあ、昨今はモンスターなんとかなんてのも話題になるし、そういう親もいるのかもしれないが」

「峯さん。佐久間さんの推理が間違っとるて言うとですか」

「いや、そういうわけじゃないが」

突如として噛み付いてくる後輩に、峯が鬱陶しそうな顔をする。

「だって変じゃないか。おれにも年ごろの娘がいるが、間違っても携帯のメールやらなんやらを覗こうとしたりはしない。そんなことをすれば、たぶん今後何年も口を利いてくれなくなる」

「そいは峯さんの家庭だけですよ」

のり子の味方をしたつもりなのに、のり子は峯に軍配を上げた。

「いいえ。峯さんのおっしゃる通りです。思春期の娘の携帯電話でのやりとりを逐一チェックする両親など、マイノリティーでしょう」

「えっ……でも」

一緒に暮らしている人間に知られたくないから、わざわざネットカフェからSNSにアクセスしたと言ったではないか。

「携帯をチェックするといえば、どんな関係を思い浮かべますか」

「男女関係。しかも女のほうだな、携帯を見たがるのは」

峯が即答した。

「その通りです」

「男のほうが後ろめたい前科持ちだと、チェックはより厳しくなるだろう」

「経験がおありなんですか」

のり子が含みのある笑みで、峯を見た。峯も片頰を上げて応える。

えっ、なにこのいい感じの雰囲気……。

って、いうか。

「愛菜は男なんですか」

「そうです。川崎のネットカフェに問い合わせて、防犯カメラの映像を送っていただきました。こちらをご覧ください」

のり子がキーボードを操作し、防犯カメラの映像を表示させる。

受付カウンターを斜め上から捉えた映像だった。

「これから受付に訪れるのが、愛菜のSNSにアクセスしたPCを利用した人物です」

のり子が言い終わらないうちに、人影がフレームインする。

「あっ！」

坂巻は思わず声を上げた。

隣で峯の息を呑む気配がする。

一見してわかった。

「愛菜は、矢作だったとか」

鮮明とは言えない映像でも、飽きるほど見てきた顔なのでわかる。間違いない。

カウンターで利用者カードを店員に差し出しているのは、殺された矢作猛だ。

のり子が椅子のひじ掛けに頬杖をつく。

「女子高生を装ってアカウントを取得すれば、客を募りやすいし、女の子をリクルートしやすいということでしょう」

「考えてみればSNSなんて名前や年齢どころか、性別だって偽れる。誰にだってなれるとですよね」

坂巻は自分の頭をぽんぽんと叩いた。

「愛菜なんて名前とアイコンの写真のせいで、すっかり女だと思い込んでたな」

峯もしてやられたといった顔だ。

「ってことは、望月の娘と矢作は、直接メッセージのやりとりをしとったことになりますね」

「しかも一時期、愛菜に心を許していた望月の娘は、愛菜にたいして相当いろんなことをぶっちゃけてる。個人が特定できるレベルだ」

「個人を特定したことで、矢作が望月の娘になにかをしたとでしょうか」

「望月の娘に接触して、親に言われたくなければ、とかなんとか言って恐喝するとかな」

「恐喝すると言うても、相手が高校生じゃたいした金にもならんですね。肉体関係を強要した、とかでしょうか」

「ありうる。相手の身元がわかっていれば、どうとでも料理できる。自分との肉体関係でなく、売春をさせたかもしれない。そしてどういう経緯か、その事実を知った望月が、矢作を殺害した……」

坂巻は峯に手の平を向けた。

「いや、ちょっと待ってください。それじゃ、ガーディアン・ベルはどうなるとですか。望月の娘は、一か月ほど前にガーディアン・ベルを盗まれとるとです」

「望月の娘が本当のことを言っているとは、限らないじゃないか」

「すると、犯人は望月の娘？　いや、でも望月の娘は事件当夜、自宅にいたと供述しているのか」

「証明できるのは母親だけだ。アリバイにはならない。望月の娘が本ボシだという可能性も、まだ切り捨てるわけにはいかないだろう。娘が本ボシだとすれば、望月が必死にかばおうとするのにも納得がいく。だがそうなると、望月は娘の犯行をどうやって知ったかが問題になるな」

「現場にガーディアン・ベルが落ちとったからですよ」

「それはおかしいだろ。ガーディアン・ベルの存在は公表していないんだ」

「あ、そうか」

「お二人とも、ちょっといいですか」

　のり子が椅子をこちらに回転させながら言う。

「愛菜のアカウントを解析して、ほかにもわかったことがあるんです」

　そう言ってディスプレイに表示させたのは、なにかの文字列だった。大量にあるらしく、画面が高速でスクロールしている。

「これは、矢作が愛菜名義で行ったメッセージのやりとりです。矢作は少女たちに『パパ活』を斡旋していただけでなく、少女から売春を行ったという報告があれば、相手の男の素性を調べ、金銭を要求するといったことも行っていたようです」

「そんなことまでやってるのか」

峯がのり子の椅子の背もたれに手をかけ、背後からディスプレイを覗き込む。

峯さん近づき過ぎ！

と坂巻は思ったが、当ののり子は別段気にしているふうでもないので、なにも言えない。

「相手は愛菜という少女一人だと油断した男は、金銭を介したとはいえ肉体関係を持った事実もあり、その後もＳＮＳで愛菜に個人情報を明かすようになります。完全に逃げられないレベルで相手を特定できたところで、愛菜は反社会的組織のバックがいるように匂わせ、金銭を要求します。そして指定された駅前などに、金を受け取りに行くのが、愛菜の正体である矢作の役目というわけです」

「実際は一人なのに、組織的な犯行に見せかけてるのか。こう言っちゃなんだが、この矢作って男、殺されてもしょうがないぐらいのワルだな」

峯が渋面で顎を触る。

のり子が顔をひねり、峯の頬に息がかかりそうな距離で言う。

「真面目《まじめ》一辺倒の男も、つまらないけど」

「おれがそう見えるってか」

「ううん。見えない」

坂巻はたまらず、二人の間に強引に顔を突っ込んだ。

「矢作に恐喝されとった男の身元は、特定できとるとですか」

「特定できているアカウントもあるし、そうでないものもあるわ」

のり子にわかりやすく身を引かれ、思いのほか傷ついた。

懸命に自分を立て直しながら、峯に言う。

「全員に動機があるっちゅうことですけん、一人ひとり潰していくしかないですね」

「そうだな。この中に犯人がいれば、ガーディアン・ベルはまったく無関係だったということになるが」

「現段階で身元がわかっているぶんだけでいいので、リストにしてプリントアウトしてもらえませんか」

「もうできてる」

のり子は坂巻と峯にそれぞれ一枚ずつ、Ａ４の用紙を手渡した。

そのトップに印字された名前を見て、坂巻は眉をひそめる。

「これって……」

この名前を知っている。

だがまさかそんなわけが――。

信じられない思いでのり子を見ると、おもしろいでしょう、と言わんばかりに意味深な笑みが返ってきた。

7

ホンダＮＳＸは高級そうなマンションの地下駐車場に入っていった。

「これで謹慎中とはね」

坂巻はＮＳＸに続きながら、鼻で笑った。

助手席では峯が、物珍しそうな顔で口笛を吹く真似をしている。

駐車したＮＳＸの運転席から、髪の薄いなで肩の男が降りてきた。細尾という名の男だった。

細尾はNSXの隣の駐車スペースを指差した。そこに止めろということらしい。指定された場所に覆面パトカーを止め、車を降りる。

「こんな遠くまで先導していただいてすみません」

坂巻が礼を言うと、細尾は手をひらひらとさせた。

「いえ。それがマネージャーの仕事ですから」

サイバー犯罪捜査官の佐久間のり子が手渡してきた、矢作に恐喝されたと思しき人物のリストのトップに記されていたのが、なんとあの人気俳優の成瀬博己だった。

坂巻と峯が目黒《めぐろ》にある成瀬の所属事務所を訪ねたところ、成瀬は現在、事務所社長が葉山《はやま》に所有するマンションで謹慎生活を送っているという。担当マネージャーの細尾に先導され、ここまでやってきたのだった。

エレベーターに乗り込むと、細尾は四階のボタンを押した。このマンションの最上階のようだ。

箱が上昇を始める。

「しかし、細尾さんも大変ですね。タレントさんになにかあると、こうやって遠くから飛んで来ないといけんのですけん」

「はあ」

細尾は視線すら合わせず、首を軽く前に突き出しただけだった。ずっとこの調子で、会話が続かない。

ここまで来るのにも、坂巻が覆面パトカーの後ろに乗せていくと言ったのに、わざわざ社長の車だというNSXで先導すると言い張った。他人に高く分厚い壁を作るタイプなのに、よくタレントのマネージャーなんてやっていられるなと、一周回って感心する。

四階に到着すると、絨毯《じゅうたん》敷きの半円形のスペースがあり、左右に扉があった。ワンフロアに二世帯しか入っていないようだ。

細尾はそのうちの右側、四〇二号室のインターフォンを鳴らした。

「はい」

気怠げな男の声が応じる。

「細尾です。警察の方をお連れしました」

「警察？」

細尾には事前に電話で成瀬の在宅を確認してもらっていたが、用件は伝えないように言い含めてあった。逃亡や証拠の隠滅を防ぐためだ。

扉が開き、成瀬が現れる。たしかにテレビで見たあの成瀬博己だ。Tシャツに短パンという服装で、髪には寝癖、目もとには白い目ヤニが付着しており、いかにもいま起きましたという雰囲気だが、とくに不機嫌そうでもなく、むしろ上機嫌で来訪者を迎え入れた。

テニスコート並みの広さのリビングには窓から燦々《さんさん》と日が差し込み、高級そうな家具が配置されている。だが脱いだままの服があちこちに放置されており、お世辞にも片付いているとは言いがたい。

「警察の人が来るとか、そういうの言っといてくれよな」

「すみません」

成瀬は細尾を責めながらも、L字形に並べられたソファーの上に散乱する衣類を集め、坂巻たちのためにスペースを作った。

「どうぞ、座ってください」

そう言われても、いまこのあたりに置いてあったのは下着じゃないか？ とは思ったものの、仕事だと割り切り、腰を下ろした。

汚れ物衣類の山を容赦なく押しつけられる細尾を見て、やはりタレントのマネージャーというのは大変な仕事だなと、気の毒になる。

「これ、クリーニングバッグに入れておいて。あと、刑事さんたちにコーヒー」

「おかまいなく」

峯が手を振って遠慮すると、成瀬が言った。

「コーヒーはお嫌いでしたか」

「そういうわけではないんですが」

「じゃあ細尾。コーヒー。おれのぶんも入れて三つ」

細尾は卑屈っぽく頷き、部屋を出ていった。

成瀬は坂巻たちの斜め向かいに座った。前のめりになり、両手を擦り合わせて、やたらと嬉しそうだ。

「あの、刑事さんたちは白バイ隊員にお知り合いがいたり、するんですか」

そういうことか。

ことのあらましは木乃美や潤から聞いている。

事情を知らない峯が、馬鹿正直に答える。

「もちろんいます。こいつの同期には、女性白バイ隊員もいるんです。な、坂巻」

「ええ。まあ」

すると成瀬が期待に目を輝かせた。

「その女性白バイ隊員は、なんという名前ですか」

「いまその話は、よかでしょう」

軽く手を上げて拒絶しても、食い下がってくる。

「川崎潤さんという、女性白バイ隊員をご存じないですか。前に連絡先を渡してもらったのに、いっこうに連絡がなくて」

峯が驚いたように坂巻を見た。

坂巻は頷き、視線を鋭くする。

「男を見る目があるって意味じゃ、川崎が連絡しないのは正解じゃないですかね」

「どういうことですか。おれは若いしイケメンだし、いまは活動自粛中の身だけど飛ぶ鳥を落とす勢いのある人気俳優で、収入も一般の人の何倍もあります」

「なんだそりゃ」鼻で笑った。

「女がそういう部分でしか、男を判断しないとでも思うとるとですか」

低い声で凄むと、成瀬は眉根を寄せた。

「な、なんですかその態度」

「坂巻。そのへんにしておけ」

峯が後輩刑事をたしなめ、成瀬を見る。

「今日こちらにお邪魔したのは、愛菜という人物についてうかがいたかったからなんです」

意外なことに、成瀬にまったく動揺した様子は見られなかった。

「愛菜？　誰ですかそれ」

「きさん、とぼけとるんじゃなかぞ。それとも、あっちこっちに色目使い過ぎていちいち名前など覚えとられんってか」

「まあ待て。落ち着け」

峯から肩を摑んで押さえつけられた。

「愛菜というのは、SNSで『パパ活』していた女性です。ご存じでしょう。あなたからメッセージを送って川崎で会い、一緒にホテルに行った仲なんですから。いや、その後、売買春の事実をネタに、あなたにたいしてたびたび金銭を要求してきた女性と言ったほうが、思い出していただけますかね」

顔と名前が世間に知れているせいだろう。成瀬にたいする矢作の要求額は増え続けており、その頻度も増していた。最後のやりとりでも矢作から百万円の金銭が要求されており、少し待ってくれという成瀬の返信で終わっている。

決定的な事実を突きつけられたはずが、成瀬はぴんとこない様子だ。長いまつげに縁取られた大きな目を、ぱちぱちと瞬かせている。

「なんの話をされてるのか、まったく心当たりがないんですけど」

「いい加減にせえや」

坂巻がソファーから尻を浮かせようとすると、ふたたび峯に押さえつけられた。

「我々は捜査一課ですので、児童買春について調べているわけではないんです。愛菜の使いとして、矢作という男が現金を受け取りに来たでしょう。覚えてらっしゃいますよね」

坂巻は懐から矢作の写真を取り出し、成瀬に突きつけた。

「忘れたとは言わせんぞ。金銭の受け渡しのために、目黒の駅で待ち合わせとるとが、メッセージの履歴に残っとる。スマホ上では削除しとるかもしれんけどな、しっかりサーバーに残っとるとたい」

「なに言ってるんですか。濡《ぬ》れ衣《ぎぬ》もいいところだ。おれはこんな男は知らない。たしかに事務所は目黒だけど、こんな男と会ったことはない。だいたいおれみたいな人気者が目黒駅前なんかにほいほい歩いていったら、パニックになりますよ」

「きさん、どんだけ自己評価高いとや！　このうぬぼれ野郎が！」

峯の制止をかいくぐり、成瀬の胸ぐらを摑んだ。

「やめろ。坂巻！」

「おかしなことは言ってないだろう！　放っておいても抱いて欲しいなんて女が寄って来るってのに、なんでわざわざメッセージを送ってナンパする必要があるんだ！」

「ようもそんなことが言えたもんやな！　おまえ、川崎にストーカーみたいにつきまとっとるやないか！」

「潤ちゃんは別だ！　ほかの女にそんなことはしない！」

「なに言うとるか！　素人《しろうと》女を買《こ》うて強請《ゆす》られとるやないか！　百万円、用意できるまで少し待ってくれってメッセージ送ったの、おまえやろうが！」

「知らねえっつってんだろ！　なんだそりゃ！　百万円なんて端金《はしたがね》、用意するのに時間なんてかかんねえし！」

「時間稼ぎしたとやろうが！　このままでは、要求額も頻度もエスカレートしていく一方やと思って。そいで矢作の素性を調べて、殺したっじゃなかとな！」

「なに言ってんだよ！　意味わかんねえ！」

坂巻の腕を振りほどいた成瀬が、ポケットからスマートフォンを取り出し、こちらに差し出す。

「ほら。好きに調べりゃいいじゃねえか」

「いまさらそんなもん、いるか。サーバー経由でぜんぶ見とるわ。削除したメッセージまで、全部な」

「メッセージなんか、いちいち削除してねえし。ってか、おれ自身はそんな機能ほとんど使ってねえし。この前、木乃美ちゃんと潤ちゃんに頼まれてＩＤとパスワード教えたけど……」

そこまで言って、成瀬ははっとなにかに気づいたようだった。

「どうなさいました」峯が探るような目つきをする。

「ＩＤとパスワード、ほかにも教えてるやつがいたわ。映画とかドラマの告知にかんしては、スタッフ名義でおれのタイムラインに投稿するんだ」

「それは、誰な」

成瀬が顔をひねり、呼びかける。

「おい。細尾！　細尾！」

返事はない。

「そういえば、戻ってくるのずいぶん遅くないか」

峯が眉間に皺を寄せる。

坂巻は床を蹴り、細尾の消えた扉を開けた。

細尾の姿はない。キッチンにはドリップしたコーヒーの香りが立ち込め、コーヒーメーカーのそばには、食器棚から取り出したらしきコーヒーカップが三つ、伏せられていた。

「逃げた！」

慌ててキッチンを飛び出し、靴を履いて部屋を出る。

エレベーターの階数表示が、『4』から『3』に変わる。細尾もいま部屋を出たばかりのようだ。

左手に非常扉を見つけた。

扉を開ける。外階段が地上へと続いているようだ。つんのめるようにしながら階段を駆けおりる。

地上に降り立つと同時に、ＮＳＸのエンジンが唸《うな》りを上げるのが聞こえた。音のするほうへ走ると、地下駐車場の出入り口に出た。

地下駐車場へは下り坂になっており、暗闇の奥に、ＮＳＸの光る二つの目が浮かび上がる。ＮＳＸは威嚇するような空ぶかし音を二度響かせた後、こちらに向かって突進してきた。

両手を広げて立ちふさがろうかとも思ったが、そんなことでブレーキを踏むほど相手が冷静だとも思えない。

飛び退《の》いてＮＳＸをやり過ごし、覆面パトカーに向かう。

運転席に乗り込み、エンジンをかけて発車すると、駐車場の出入り口付近で峯と成瀬が待っていた。

峯が助手席に、成瀬が後部座席に乗り込んでくる。

「なんでおまえまで……」

後部座席を振り返ろうとすると、成瀬が前方を指差した。

「そんなこと言ってる場合じゃないだろ！　まずはホシの身柄を確保するのが最優先だ！」

まるで刑事役を演じているかのような口ぶりが癪《しゃく》に障ったが、言っている内容は正しい。アクセルを踏んで発進する。

「あっちのほうに逃げたぞ」

さすが峯だ。細尾の逃走方向を確認していたようだ。

指示通りにハンドルを切り、ＮＳＸの影を追う。

だがなかなかその姿が見えてこない。

「畜生っ。どこ行きよった」

「サイレン鳴らすか」

「お願いします」

峯がパトランプを取り出し、助手席側のウィンドウを下ろす。

そのとき、どすん、と鈍い衝突音が聞こえた。

「なんの音だ」

峯がパトランプを窓の外に半分出したまま、目を丸くしてこちらを見る。

そう遠くない場所から聞こえた気がする。

坂巻は音を追いかけてハンドルを切った。

すると、前方にＮＳＸを発見した。

電柱に衝突したらしい。ボンネットが折り曲げられたように変形し、煙の筋が上がっている。

「うわあ、社長の新車が」

成瀬がシートの間から前方をうかがい、頭を抱える。

ＮＳＸは運転席助手席ともにエアバッグが開き、もはや運転は困難になっているようだった。運転席の扉が開き、細尾が転がり出てくる。

坂巻は覆面パトカーを飛び出し、地面を這《は》って逃げようとする細尾の背後から飛びついた。

細尾が濁点の混じったような低い悲鳴を漏らし、咳《せ》き込む。

「いい加減におとなしくせんか！　往生際の悪いぞ」

もぞもぞと腹の下でうごめく細尾を、全体重をかけて押さえつける。

「おい、坂巻。それぐらいにしとけ」

追いかけてきた峯に肩を叩かれた。

「こいつが暴れるけんですね」

「違う違う。息ができないんだよ」

地面をバタバタと叩いていたのは、逃げようとしていたのではなく、降参の意味だったらしい。

坂巻が起き上がったときには、細尾は失神してぐったりとしていた。

Top GEAR

1

アクセルグリップをひねろうとして、躊躇する。

横浜市鶴見区。潤が開拓した漁場《ぎょば》のうちの一つだった。県道から第二京浜《けいひん》道路に交わろうとする地点の側道で、第二京浜道路が高架になって県道を跨いでいるため、第二京浜道路を走る車両は、下り坂に差しかかると速度超過に陥りがちになる。

エンジン音を聞く限り、明らかな速度超過。

だが――。

走り去ろうとする違反車両の後ろ姿を確認する。同時にため息が漏れた。

やはりマスタング。

いっそのこと見逃してしまおうかとも思ったが、この場所で速度違反を繰り返されても困る。

バイクを発進させた。

右ウィンカーを点滅させながら第二京浜道路に合流し、速度を上げてマスタングを捕捉する。

速度測定開始。

マスタングと同じ速度を保って走行しながら、メーターの数字を確定させる。五〇キロ制限道路で時速六二キロ。もっとも軽い、減点一、反則金九千円で収めようという意図が見え見えの、微妙な速度違反。

うんざりとしながらサイレンのスイッチを弾く。

すると案の定、マスタングはすぐに速度を緩め、ハザードを点滅させた。

路肩に寄せて停止する。

潤がバイクを降りて歩み寄ろうとすると、運転席と助手席、両側のドアが開いて、予想通りの顔ぶれが登場した。

成瀬と丸山だ。

久しぶりに飼い主に会った犬のように駆け寄る成瀬の後方から、準備よく車検証を携えた丸山が歩いてくる。

「まだ探してる相手が見つかったわけじゃないから、なにもしないよ」

鬱陶しそうに手を払ってから、ほかに言うべきことがあることに気づく。

「でも、この前はありがとう」

望月には会えていないが、成瀬たちの協力のおかげで涼子にたどり着き、そこから『パパ活』という新たな糸口が見つかったのはたしかだ。礼を言うべきなのだろう。

「ぜんぜんかまわないよ。そんなことより、うちのマネージャーが迷惑をかけて、ごめん」

「マネージャー?」

あの気の弱そうな細尾という男か。

なんのことかと訊《たず》ねると、成瀬は、坂巻たちが訪ねてきたのだと話した。細尾が成瀬のSNSアカウントを使い、『パパ活』を行っていたのだという。細尾の場合はたんなる『パパ活』でなく、児童買春だったらしい。

成瀬のアカウントを使用したのは、若手人気イケメン俳優のマネージャーを名乗ることで、若い女性が自分に興味を持ってくれると思ったからだと、細尾は供述しているようだ。いつか成瀬博己に会えるかもと匂わせることで、実際に何人かの少女と会うことができたらしく、愛菜もその中の一人だった。少なくとも細尾は、そう考えていた。

　ところが愛菜から、児童買春を公にされたくなければ金銭を支払え、というメッセージが届くようになる。最初は未成年の少女一人になにができると高を括《くく》っていたものの、愛菜は反社会的組織の存在をちらつかせてきた。半信半疑で指定された待ち合わせ場所に出向くと、現れたのは人相の悪い男だった。そこからは要求がエスカレートする一方だったようだ。

「そういうわけで、おれが買春をしているって決めつけて申し訳ないって、坂巻さんが潤ちゃんの出没しそうなポイントを、いくつか調べてくれたんだ」

「嘘。坂巻さんが自分からそんなことを言うはずがない。あんたが被害者面して強引に聞き出したんでしょう」

「経緯はどうでもいいじゃないの。大事なのは結果さ」

　たしかに経緯はどうあれ、この男に私の漁場を教えるなんて、坂巻のやつ。いや、坂巻が白バイ隊員の漁場まで知っているはずがないから、A分隊の誰かも口を滑らせたのか。

元口だな。

「これ。よろしく」

丸山が爽やかな笑みとともに、免許証と車検証を差し出してくる。

まったく悪びれた様子もないのが腹立たしいが、こちらが怒ると逆に相手を喜ばせてしまいそうな気もする。

しばらくこの漁場に来るのはやめておこうと思いながら、粛々と手続きを進めた。

「あのマネージャーさん、いま捜査一課の取り調べを受けてるの?」

たび重なる金銭の要求に耐えかねた細尾が、矢作を殺害したのだろうか。

「いや、殺人事件のほうはすぐに疑いが晴れたんだ。そのなんとかって男が殺された日、ちょうどおれと潤ちゃんが出会った日の前日なんだろう? だからよく覚えてるんだけど、あいつ、おれのドラマ撮影に同行して、緑山《みどりやま》のスタジオにいたんだよね。撮影は朝方まで続いたから、現場に行くのは物理的に不可能ってわけ。児童買春のほうは、相手の女の子が特定できてないからまだ立件できないとかで、もう自分のアパートに帰されたらしい。すみませんでしたって、本人から電話かかってきた」

空振りだったわけか。

もっとも、最初から犯人にたどり着けるのなら、苦労はないのだろうが。

「ねえ。この前捜していたバイクってさ、もしかしてこの事件に関係あるの」

「ない」

否定したが、一瞬言葉に詰まったせいで、成瀬がにんまりとする。

「やっぱりそうだ。関係あるんだ」

「ないってば」

「もしかして、あのバイクに乗ってるやつが犯人だったりするの」

「そういうのじゃないから。もういいから」

バインダーを丸山に差し出し、青切符の署名欄にサインさせる。

「もういいの。本当に？」

「しつこいな。協力してもらったことには感謝してるけど、もう終わりだから」

後は捜査一課が犯人を割り出してくれる。その犯人が、望月でないことを祈るのみだ。

「潤ちゃん、もういいんだってさ、淳也」

「そうか。残念だな」

「うん。残念だ」

成瀬と丸山が意味深な目配《めくば》せを交わす。

「な、なによ。気味が悪い」

丸山からバインダーを受け取りながら、潤は鼻に皺を寄せた。

「いや。なんでもない。もういいんでしょう」

そう言われると気になる。

「なに。なにかあるの」

「だって、もういいんでしょう」

優位に立った成瀬が、含み笑いをする。

「言いたいことがあるなら、はっきり言いなさいよ」

「どうしようかなあ」

人差し指を唇にあてながらもったいつけられて、かちんときた。

「おい。いい加減にしろよ」

摑みかかろうとする素振りを見せると、成瀬が両手を見せて飛び退く。

「わかった。わかったよ。あのバイクを捜すための投稿は、神奈川県内をバイクで走り回ってるはずの、淳也の目撃情報を募るものだったじゃない」

「それがどうしたの」

「淳也もSNSアカウント、持ってるんだよ」

それになんの意味が？

と一瞬考えたが、すぐに察した。

成瀬の要求通りに、ダイレクトメールで成瀬に写真を送る者もいるだろうが、丸山のほうに、なにかしらのアクションを起こしたユーザーも存在するということだ。

はっとして丸山のほうを見る。

スマートフォンを得意げに掲げる人気俳優の微笑みは、まるでコマーシャルのワンシーンのようだった。

2

CB1300Pのスタンドを立て、バイクを降りると、木乃美は潤にメッセージを送った。

——着いたよ。待ってます。

木乃美はJR逗子《ずし》駅前にいた。ちょうど付近の中学校の下校時刻に重なったようで、目の前の歩道を通過するブレザー姿の少年たちのじゃれ合う声が騒々しい。「あ。

パンダだ！」と、木乃美のサングラス姿をからかってくる者もいる。

潤から連絡が来たのは、およそ三十分前、藤沢駅周辺を流しているときのことだった。

成瀬のSNSアカウントで幽霊ライダーについての情報を募ったとき、成瀬のアカウントだけでなく、丸山のアカウントにも情報が寄せられていたらしい。成瀬のアカウントに寄せられた情報と併せると、なぜかJR逗子駅付近での目撃情報が多いというのだ。しかもその中には、「三日前にも逗子駅近くで見かけましたが、あれは丸山さんですか」という内容もあったらしい。幽霊ライダーの情報を募った日から三日前といえば、A分隊全員で幽霊ライダーと対決し、敗れた日だ。日をまたいでの目撃情報があるということは、望月の潜伏先はその近辺ではないかと、潤は主張した。

シートにもたれかかりながら、ぼんやりと人の流れを眺める。

潤の気が済むまで、とことん付き合うつもりではいる。だが、そう簡単に見つかる気もしない。

そもそも望月が殺人犯でないとすれば、なにをしているのか。なんのために県内を走り回っているのか。見当もつかないが、もしかしたらすでに目的を達成して、どこか遠くに逃亡を果たしているのではないか。

「えっ……?」

木乃美の思考を中断させたのは、目の前を横切った一台の自動車だった。

黒のＢＭＷ４シリーズ・グランクーペ。法定速度を守っているようだったし、ドライバーはシートベルトを締めていた。交通違反はない。

木乃美の注意を引いたのは、一瞬だけ見えた、ドライバーの横顔だった。

見覚えのある顔だった。

なぜ、あの人がここに……?

時刻を確認する。潤は鶴見からここに向かうと言っていた。おそらくあと十五分はかかるし、いまは運転中で電話にも気づかないだろう。

メッセージを送ろうかとも思ったが、そんなことをしていたら見失ってしまう。

木乃美は急いでシートに跨り、エンジンをかけて発進した。

数台の距離を置いて、ＢＭＷの後をつける。

ＢＭＷはいくつかの交差点を曲がり、住宅街に入っていく。

ＢＭＷとの間に車両がなくなったので、木乃美はその場で停止し、ＢＭＷの行方を見つめた。百メートルほど先でＢＭＷが左折するのを確認して、ふたたび発進する。

ＢＭＷが左折した地点でブレーキをかけた。

そこはマンションの駐車場のようだった。横長な建物で、ワンフロアにつき八つほどの扉が見える。このあたりにしては、かなり大きなマンションだ。

おそらく全戸ぶんの駐車スペースが確保されているのだろう。ＢＭＷはだだっ広い駐車場の、奥のほうに止まっていた。

バイクのスタンドを立て、歩いて駐車場に進入する。

ところどころまばらに止まった車両の陰に隠れながら、少しずつＢＭＷに近づいた。駐車スペースの枠内に記された番号は、おそらく部屋番号だろう。そう考えると、ＢＭＷは一〇三号室の住人ということになる。

ある程度まで近寄ってみると、ＢＭＷが無人だとわかった。周囲を見回してみるが、人影はない。一〇三号室の扉を見てみたが、すでにドライバーが入室したのかどうか、判断がつかなかった。

忍び足でＢＭＷに歩み寄り、中を覗き込んでみる。やはり無人だ。だが逗子駅前で見かけた車両に間違いない。ナンバーが同じだし、エンジンがまだ熱を持っている。

ふいに胸もとが振動して両肩が跳ねた。

潤からメッセージが届いたようだ。

――着いたけど、木乃美、いまどこ？

電話をかけようとしたそのとき、背後に気配を感じた。

だが振り向こうとする前に、首筋に冷たい感触があたって全身が硬直する。

刃物だった。

「電話をよこせ」

スマートフォンを奪い取られ、後ろから腕が巻きついてきた。

3

呼び出し音が途切れた。

「あっ。木乃美？」

電話の向こうに呼びかけたが、早とちりだった。受話口から聞こえるのは、留守番電話サービスの音声案内だ。

「どうしたんだろ」

潤は通話を切り、液晶画面を見つめる。

先ほど送ったメッセージに返信もない。

潤が待ち合わせ場所の逗子駅前に到着したのは、木乃美から到着したというメッセージが届いた、十五分ほど後だった。東口と西口、二つある駅の出口の両方を見てまわったが、やはり木乃美の姿はない。そもそも木乃美には、バス乗り場のあるほうでと伝えたので、東口で間違えようもないはずだが。

一縷《いちる》の望みを抱いて、無線で呼びかけてみた。

「交機七四から交機七八。応答願います」

応答はない。

「交機七四から交機七八。応答願います」

繰り返してみても、結果は同じだった。胸の内がざわつき始める。

しばらくすると、無線機から音声が聞こえた。木乃美かと期待したが、違った。

『交機七一から交機七四。どうした』

山羽だった。潤の声からただならぬ気配を感じて、連絡してきたのだろう。

「交機七四から交機七一。詳細Pフォンにて。こちらからかけます」

Pフォンとはポリスフォン、つまり携帯電話のことだ。

山羽の番号を呼び出すと、すぐに応答があった。

『どうした。本田になにかあったのか』

「行方がわからなくなったんです。逗子駅前で待ち合わせていたはずなんですが」

『逗子駅？　どうしてそんなところに』

潤の説明を、山羽はときおり相槌を打ちながら聞いた。

『もしかしたら、おまえの勘が当たったのかもしれないな』

つまり、木乃美は殺人犯に接触した？

全身から血の気が引く。

『わかった。すぐにそっちに向かう。元口と梶にもそう伝えよう』

「お願いします」

『そこからどう動いたのか、まったく見当もつかないんだな』

「はい。どうしましょう」

混乱してどうしていいのかわからない。

『落ち着け。本田だって警察官だ。かりになにかがあったとしても、なんらかのかたちでおれたちにSOSを送ろうとするだろう。おまえが動転していれば、その信号を見落としてしまうかもしれないんだぞ』

「わかりました」

山羽の言う通りだ。私がしっかりしていないと。

『闇雲に走り回ってもしょうがない。目撃者がいないか、聞き込みをしろ。駅前に白バイが駐車していたら、かなり印象に残りやすいはずだ』

「了解です」

通話を切って、深呼吸をする。

木乃美、無事でいて。

4

木乃美はマンションの一室に連れ込まれていた。

壁に背をもたせかけ、フローリングに尻もちをついている。もぞもぞと動くたび、身体の後ろで重ねた手首にロープが食い込んで痛い。足首も縛られているので、上手く座り直すこともできない。

信じられない。

なにが起こっているんだ——。

そう思っても、言葉にすることはできなかった。口には、頭部を一周するようにガムテープが巻かれている。

幸いなことに目は自由にものを見ることができたが、いまこの部屋には誰もいない。磨《す》りガラス越しにうごめく二つの人影が見えるだけだった。

そう、二つ。

このマンションには、二人の男がいる。

一人は望月隆之介。

そしてもう一人は、竹山昌也。

駐車場で木乃美を背後から襲い、刃物を突きつけたのは、竹山だった。木乃美が逗子駅前で見かけたBMWを運転していたのも、竹山だ。

なぜこんな場所に竹山が？

そう思い、後をつけてみることにしたのだった。取り越し苦労に終わるなら、それに越したことはない。だが幽霊ライダーの目撃談が寄せられた場所に現れたのだ。もしかしたら、事件と関係があるのかもしれないと思った。涼子に出会ったときだって、幽霊ライダーは竹山の近くを選んで現れたと解釈できなくもない。

後ろから羽交い締めにされるようなかたちで、一〇三号室に押し込まれた。密室に連れ込まれたら終わりだと思ったが、首にあたる冷たい刃物の感触が、木乃美から思考を奪った。

終わった――と、竹山が後ろ手に鍵をかける音を聞きながら思った。

だが、さらなる衝撃が木乃美を襲った。

竹山を出迎えたのは、望月だったのだ。

「なにをやっているんだ」

望月は顔面蒼白になっていた。

「この女、おれのことをつけて来たんです。仕方がなかったんです」

竹山は木乃美を襲ったときとは対照的な、泣きそうな声を出した。

「しかし警察だろ。いくらなんでもまずいんじゃないか」

「もう引き返すことはできないんですよ、おれらは」

「だが……」

「涼子がどうなってもいいんですか」

その言葉は、まるで望月を思いのままに操る呪文だった。

「なに。涼子ちゃんがいったい――」

木乃美は問いかけようとしたが、言い終わる前に口を塞がれたのだった。

そしていまは自由を拘束され、隣室での抑えた話し声に懸命に耳を傾けている。

「また新しい情報を入手しました」

竹山が言い、望月が疑わしげに応じる。

「本当か。たしかだろうな。これまでみたいに空振りはごめんだぞ」

「SNSだと仮名を使うやつが多いから、特定するのが難しいんです。望月さんには、本当に申し訳ないです。警察に追われる危険を冒させてしまって……」

「それはかまわない。愛菜さえ見つけることができれば」

えっ。どういうこと……？

愛菜は矢作が作り上げたネット上の人格に過ぎず、実在はしないはずだ。なのに竹山と望月は、愛菜を追っている？

それが目的なのか。

愛菜を見つけることが。

「横浜鳳翔《ほうしょう》学園三年の加藤麻美《かとうあさみ》。相模原北高校一年の山崎《やまざき》まどか。市立綾瀬《あやせ》高校一年の田村今日子《たむらきょうこ》。中強羅《なかごうら》学園高校二年の石塚絵里《いしづかえり》。愛菜と一緒に『パパ活』を行っていたと思しき四人です」

「この四人に話を聞けば、愛菜の正体がわかるだろうか」

「さあ……愛菜とどれほど個人的に親しいかまでは、おれにはわからないんで。涼子のSNSを辿って、なんとか見つけた名前です」

「愛菜は直接、交渉に応じてくれないのか。SNSのアカウントは生きているんだろう?」

「アカウント自体はまだ生きているみたいですが、もう使用はしていないようですから、難しいと思います。愛菜の手足として動いていた矢作が殺されてしまったことで、自分の身もやばいと思ったんじゃないでしょうか」

ため息をついたのは、おそらく望月のほうだ。

「参ったな。これ以上県内を動き回っていれば、おれも捕まるのは時間の問題だ。罪をかぶるのは最初からそのつもりだからかまわない。しかしせめて、愛菜から映像を回収しておきたいんだが……」

「そうですね。もしも映像がネット上に出回ったら、一生削除することができなくなります」

二人はいったいなんの話をしている?

映像?

木乃美の頭の中で、疑問符が渦を巻く。

「本当にすみません、望月さん。おれが至らなかったばかりに」

　竹山の声が湿る。

「おまえが悪いんじゃない。悪いのはおれだ。おれがまともな父親だったら、涼子は人を殺すことなんてなかった。おれより年上の男と手をつないでいる涼子を、がつんと叱って止めることができていれば、あそこで終わっていたはずなんだ。だからおれが悪い」

「すみません……」

「謝るな。おれこそ悪かった」

　涼子が人を殺した？

　矢作を殺したのは、涼子――まさか、そんな。

「いまでも信じられない。あの涼子が、人を殺すなんて……」

「おれも同じです。警察からガーディアン・ベルの写真を見せられたときには、自分の目を疑いました」

　えっ……――？

　望月がふっと笑う。

「皮肉なもんだな。おれが涼子にあげたガーディアン・ベルが、涼子を窮地に陥れることになった。だが現場に落としてしまったのが、あのガーディアン・ベルでよかったのかもしれない。あれを涼子にあげたことは、誰も知らない。あのガーディアン・ベルを調べれば、警察はおれを疑う。おれが逮捕されることで、最後にあいつの守護者《ガーディアン》になってやれる」

「望月さん……」

「もう泣くな。すべて自業自得なんだ。おれはひき逃げ事件を起こした後、自分のキャリアを台なしにしてしまったことだけを悔やんで、家族のことなんてまったく顧みなかった。いまさら父親にも、夫にも戻れない。涼子のためにしてやれることと言えば、これぐらいしかない」

しばらく鼻をすする音がして、望月が声を落とした。

「ところでどうするつもりだ。あの女の警官は」

「こうなった以上、帰らせるわけにはいきませんよ」

この上なく冷たい声音だった。

木乃美の視界が狭くなる。

「本気か。なにもそこまでしなくても……」

「それ以外に方法があれば教えてください」

望月が絶句する。

竹山は諭す口調になった。

「あの女はこの場所を突き止めました。おれと望月さんがグルなのを、知ってしまったんです。もしおれたちが二人とも逮捕されたら、涼子はどうなるんですか」

「それは……」

「なによりも、まず涼子のことを考えてください。涼子の幸せのために、最良の選択をしてやるべきです。それがどんな手段を伴うものであっても」

重たい沈黙の後、望月の声が決意を含んだものに変わった。

「わかった。おれがやる」

「いえ。おれがやります」

「だがおまえには涼子が——」

「涼子のためには」竹山が強い口調で遮った。

「涼子のためには、愛菜を見つけて映像を回収することも大事です。おれも涼子の父親です。ここはおれに任せてください」

しばらく考えるような間があって、望月が答えた。

「わかった」

「それじゃ、『パパ活』を行っていた女の子への接触を、よろしくお願いします。バイクはいつもの場所にあります。しっかり整備しておきましたんで」

「ありがとう」

ちゃらちゃらと金属のぶつかる音は、バイクのキーだろうか。

やがて望月らしき足音が遠ざかり、扉の開閉する音がする。

そして磨りガラスの引き戸が開き、隙間から竹山が顔を覗かせた。望月にたいするときとは打って変わった、感情の乏しい目をしている。

「聞いてたろ。聞こえるように話してたから。残念ながら、おまえを生きて帰らせるわけにはいかないんだ」

背筋が冷たくなった。

5

木乃美は恐ろしかった。

だが恐ろしさが表情に出ないようにつとめた。

眉間に力をこめ、竹山を睨みつける。

竹山は片頬を吊《つ》り上げるぎこちない笑みを見せた後、部屋に入って歩み寄ってきた。しゃがみ込み、木乃美に顔を近づける。

「大声出したらすぐ殺すからな」

竹山はそう言って、木乃美の口を塞いでいたガムテープを剥いだ。粘着面に貼りついた髪が大量にむしり取られて、激痛が走る。だが痛そうな顔は見せなかった。

「あなたが殺したのね、矢作を」

竹山はあきれたようにかぶりを振った。

「違うよ。せっかく話が聞こえるようにしてやったのに、どうしてそうなるんだ。矢作を殺したのは、涼子だ。おれたちは涼子が警察に捕まることがないように、一生懸命尻拭いしているの」

「望月はそう思ってる。でも違う」

「ずいぶん自信満々だな」

「ガーディアン・ベル」

その言葉に、竹山が眉を上下させる。

「捜査一課がどういう動きをしたのか、私はよく知らない。だけど、ガーディアン・ベルが望月のものであったという事実が判明し、望月の名前が捜査線上に挙がった時期は知っている。事件発生から、少なくとも十日は経っていたはずよ。ということは、現場にガーディアン・ベルが残されていた事実をあなたが知るのも、それ以降よね。にもかかわらず、望月のRS250は事件発生翌日には、うちの白バイ隊員と追跡劇を繰り広げている。どう考えてもおかしい。誰かが望月に間違った情報を伝えたとしか思えない。警察がうちに訪ねてきて、この世に一つしかないガーディアン・ベルの写真を見せた。涼子が人を殺したのかもしれない……って。そしてそれができるのは、現場にガーディアン・ベルを残してきた人間だけ。涼子ちゃんからガーディアン・ベルを盗んだのも、あなたね」

ふん、と鼻を鳴らされた。

「知ってるんでしょう。愛菜と矢作が同一人物だってことを。どうして望月に愛菜を捜させているの。望月が愛菜から回収しようとしている映像ってなに」

「矢作は少女に売春をさせて、ひそかにその模様を撮影していたんだ。そしてその映像をネタに、男を脅迫していた。矢作が死んでも、なんとかして映像を回収しなければ、涼子が不幸になる。このご時世、そういうのはいつネットに上がるかわからないからな」

「嘘。涼子ちゃんは売春していない。そのことは私の同僚が、彼女のメッセージのやりとりの一つひとつにまで目を通して確認している。そしてさっきも言ったように、愛菜と矢作は同一人物よ。矢作が死んだいま、愛菜も存在しない。いくら捜しても、愛菜を見つけることなんて不可能なの」

竹山はふてくされたような顔をして、つまらなそうに話を聞いていた。木乃美の言っている内容など、最初から知っているのだ。

「どうして嘘をついて、望月に愛菜を捜させているの」

不可解だ。涼子が人を殺したという嘘だけでも、望月は進んで涼子の身代わりになっただろう。なのに、わざわざ存在しない女を捜して、神奈川県内を走り回らせている。

おそらくはこの隠れ家も、移動手段のＲＳ２５０も、竹山が望月のために用意したものだ。なぜそこまでする必要がある。

「犯行当日の深夜、現場方向に走っていくところと、走り去るところを捉えられたＲＳ２５０のライダーは、あなただった。あなたはその日暮らしの生活を送っていた望月に、涼子ちゃんが人を殺したと相談し、本当は存在しない愛菜や隠し撮り映像のことも告げて、犯行に及んだあなたとまったく同じ格好で、県内を走り回らせる。それは警察にＲＳ２５０のライダーこそ殺人犯だと、強く印象づける目的があるった」

まだ弱い気がする。

「おまえ、よくしゃべるな」

竹山があきれたように言う。

「あなたがしゃべればしゃべらない。教えて。こういう場面ってほら、真犯人はよくしゃべるものじゃない。どうせ死ぬんだから教えてやろうってさ」

「ふざけんじゃねえ」

鼻で笑われた。

「いいじゃない。教えてよ」

「望月が邪魔だってだけだ」

吐き捨てるような口調だった。

「邪魔なの？ 聞いたわよ。あなたは望月の地元の後輩で、あなた自身もオートバイ・ロードレーサーを目指していたって。ずっと憧れてたヒーローだったんでしょう？ だから望月のものはなんでも欲しかったんでしょう？ 奥さんとか、子供まで」

そこまで言ってはっとした。

「自分のものになってないね……少なくとも、涼子ちゃんの心は」

涼子はいまだに実の父を慕っている。

いくら竹山が父になることを望んでも、涼子は竹山を受け入れていない。

だから邪魔なのだ。

「うるせえっ！」

竹山の顔が真っ赤に染まった。

「おれのほうがあいつなんかより、何倍も家族を大事にして、愛情を注いでる！　なのにどうしてあいつなんだ！　あいつもあいつで、家族を捨てたくせに父親面でしゃしゃり出てこようとしやがって！」

叫びながら同じ場所をぐるぐると回る。

やがてこちらを見据えた竹山は、肩で息をしていた。

「せっかく追い出したってのに、あいつ、のこのこ戻ってきやがった。うちの店に顔を出したんだ。川崎で涼子がおやじと手をつないで歩いているところに、ばったり出くわした、自分はなにかを言えるような立場にないから、おまえからなんとか言ってやってくれないかって言うんだ。おれに言えるわけないだろう。涼子はいつまで経っても、どんなにご機嫌をとっても、ぜったいにおれのことをお父さんとは呼ばないんだ」

「でもどうにかしなきゃと思って、涼子ちゃんのSNSアカウントを見たのね。だけどそこには、実の父親への強い想いが綴られていた」

「そうだよ。だからガーディアン・ベルを盗った。最初からなにかに利用しようと思っていたわけじゃない。どこかに捨ててやろうと思っているうちに、矢作から連絡が来たんだ。涼子が売春しているのをバラされたくなければ、金を払えってな」

涼子は愛菜に心を許し、さまざまな相談をしていた。愛菜こと矢作は涼子の身元を特定し、その父親が経済的に裕福であることを知った。

「あなたは赤レンガ倉庫近くの公園に矢作を呼び出し、刺殺、現場にガーディアン・ベルを残して逃走した」

「ああ、そうだ。だが最初から殺すつもりだったわけじゃない。なにが起こるかわからないから、セカンドプランは考えていたし、護身用にナイフを持ってはいたが、矢作の要求する金額も、封筒に入れて持参していた。涼子のためなら、父親になるためなら、それぐらいは惜しくないと思っていた。だけど……」

竹山が憤怒の形相になる。

「矢作のやつ、涼子と愛菜のメッセージのやりとりをわざわざプリントしていて、手帳から出して見せて来やがった。そして、大変かもしれないけど、いつかお父さんと呼んでもらえるように頑張ってくださいとか、ぬかしやがった」

誰もが目にすることのできる投稿よりも、より赤裸々に父への想いが綴られたメッセージのやりとりを見て、竹山が覚えたのは徒労感か虚無感か。

いずれにせよ、発作的な犯行なのか。

「現場から逃走したあなたは、望月に連絡した」

その後は先に披露された木乃美の推理通り、というわけか。

「矢作を刺した後、矢作の手帳を奪い取った。奴は愛菜としての活動を詳細にメモしていたんだよ。愛菜と矢作が同一人物だということと、涼子が売春をしていなかったことは、そこで知った。あとは、望月が訪ねて回っている『パパ活』をしている若い女の身元もな」

望月は竹山から小出しにされる情報をもとに、愛菜を捜して多くの女に会っていたのか。だが誰も愛菜の正体は知らないし、『パパ活』への後ろめたさもあるので、望月について口外しない。

「もういいか。お望み通りよくしゃべっちまった」

「まだまだ。もっとたくさん訊きたいことが」

「なんだよ」

「『チーム厚木』のステッカーは」

「あれはおれのじゃない。せめてものお護りとしてって、望月が自分で貼った。もういいか」

「ちょっと待って」

「なんだ」

「えーっと。えーっと……」

話題が浮かばない。脂汗がこめかみを伝う。

「あ痛たたた！　お腹が痛い！」

苦悶《くもん》の表情で上体を倒すと、冷笑を浴びせられた。

「いい加減にしろ。しょうもない仮病を使いやがって」

「ほんとに痛い！　ほんとに痛い！　ちょっと来て！」

渾身《こんしん》の演技でのたうち回ると、さすがに少し信じたのか、竹山がしゃがみこんで顔を近づけてきた。

木乃美は勢い良く上体を起こし、後頭部を相手の顎に打ちつける。

尾を踏まれた大型犬のような声を上げた竹山が、顎を押さえて倒れ込んだ。

　木乃美は立ち上がり、両手両足を縛られたまま、ぴょんぴょんとジャンプして玄関に向かう。

　扉に背をもたせかけるようにしながら思い切り上体を倒し、解錠するためにサムターンの位置を探った。正面を向いた上体だとわけもない行為が、後ろ手に縛られたことで凄《すさ》まじい難易度になる。

「てめえ、舌嚙んじまったじゃねえか！」

　怒号とともに、竹山の足音が近づいてくる。

　指先がサムターンを探り当て、横になっているツマミを縦にする。

　かちゃり。鍵の外れる音がした。

　が、そこまでだった。

　髪を鷲《わし》づかみにされ、前方に引き倒される。

　そのまま部屋の奥へと引きずられた。

「助けて！」

「助けなんか来ねえよ！」

　そのとき、扉の開く音がした。

「それはどうかな」

山羽だった。

拳銃をかまえ、土足で上がり込んでくる。

「なんだ、てめえは！」

竹山は木乃美の髪の毛を摑み、山羽を睨みつけたまま、そばにあったナイフを手に取ろうとした。

すると竹山の背後の窓が開き、元口と梶が飛び込んでくる。

元口がナイフを手にした左手に飛びついてナイフを叩き落とし、梶が竹山の背後からスリーパーホールドの要領で締め上げる。

「大丈夫？　木乃美」

木乃美の肩を抱くのは、潤だ。

「よく時間を稼いだ」

元口がナイフを拾いながら言う。

「よく扉と窓の鍵を開けた」

梶が竹山の腕をひねり上げる。

部屋に一人にされている間、窓のクレセント錠を開けておいたのだ。

「そしてよくどの部屋かわかるように、ヒントを残してくれたよ。部屋番号が特定できなかったら、危なかった」

潤が木乃美の拘束を解きながら笑う。

「ヒント……なにそれ」

そんな心当たりはない。痛みに顔を歪めていると、「これだよ」と山羽の声がした。

山羽が胸ポケットから取り出してみせたのは、ティアドロップ型のサングラスだった。そういえば駐車場で竹山に襲われたとき、落としたのだった。

「ああっ！」

木乃美が上げた悲痛な声に、その場にいた全員がびくんと身を震わせた。

「どうしたの。木乃美」

潤が心配そうに覗き込む。

木乃美は涙目になりながら、自由になった手で、山羽の手にするサングラスを指差した。

サングラスのレンズには、ヒビが入っていた。

6

竹山をパトカーの後部座席に押し込み、坂巻がこちらを振り向いた。

「お手柄やったな。また一交機みなとみらいA分隊に助けられたわ」

木乃美は放心したまま、応えない。

「どうしたとな。本田」

「お気に入りのサングラスが破損しちゃったからな」

元口が笑いながら、隣の梶と視線を交わした。

「まあしかし、そのおかげで部屋番号が特定できて、踏み込むことができたんだから、よかったんじゃないか」

山羽の慰めも鼓膜を素通りする。

「元気出しなよ、木乃美」

潤に肩を抱かれ、揺すられて、ようやく微妙な笑顔を浮かべた。

「一つ間違えば命すら危なかったとやけん、グラサン壊れただけで済んでよかったやないか。後は……望月の身柄確保ですね。竹山の供述によると、望月のRS25

0はそもそもが店の商品で、この近くのバイクヤードに保管しとったようです。だからいくら県内の購入者を調べても無駄やった。販売されとらんわけですけんね」

「バイクヤードってあれか。コンテナになってて雨に濡れないし盗まれる心配もないっていう、最近流行りの」

梶の言葉に、元口が嬉しそうに反応する。

「あれ羨ましいっすわー。一人きりになりたいときにちょうどよさそうですよね」

「用途が違うだろ。意外と深い闇抱えてそうなこと言うな、おまえ」

部下二人の馴れ合いにふっと笑い、山羽が訊く。

「バイクヤードの中身は確認したのか」

「はい。竹山名義で契約されたコンテナを開けてみたところ、すでに空だったらしいです」

「そうか。どこに消えたのか」

山羽が腕組みをする。

木乃美ははっと我に返った。

「望月は『パパ活』をしている女の子に接触すると言っていました。たしか、横浜、相模原、綾瀬、箱根の高校に向かっているはずです。どういう順番でまわるつもりなのかは、わからないですけど」

「おっしゃ。そいじゃ、手分けしていこうぜ」

元口が手の平をこぶしで打つ。

「今度こそ負けないぞ」

梶も静かな闘志を燃やしているようだ。

「待ってください。相手はあの望月隆之介です。一対一で勝つのは難しいので、戦力の分散は避けるべきかと思います」

潤の冷静な指摘に、元口が憤慨する。

「なんだと川崎！　おまえ、おれが望月に負けるっていうのか」

「実際負けてるだろう。それも二度」山羽が二本指を立て、元口を黙らせた。

「川崎の言うことはもっともだ。バラバラに捜索すれば望月を発見できる確率こそ高まるものの、身柄を拘束できる確率が低くなる。あれだけのライテクの持ち主だ。A分隊全員でことにあたって、ようやくなんとかできるか、というレベルだろうな」

「行き先に見当をつけて、戦力を集中投下するべきだって、川崎はそう言いたいわけか」

梶が潤を向き、潤が頷く。

「そういうこと言うんだから、望月の行き先の見当はついてるんだろうな」

不機嫌そうな元口の言葉に、潤はかぶりを振って応じた。

「いえ。ぜんぜん見当もつきません」

「なら駄目じゃないかよ！」

元口が声を荒らげる。

「いまは見当もつかないけど、これから見当をつけるんです」

「どうやって」

梶は探るように目を細めた。

「市民の協力を仰ぐんです。いま現在、仕事をしていないので暇を持て余していて、ひと声で百万人の注意を引くことのできる影響力を持つ市民の」

「本気なの？」

思わず声を上げた木乃美に、潤は茶目っ気たっぷりに片目を瞑った。

信じられない。潤が自ら、成瀬への捜査協力依頼を提案するなんて。

山羽を先頭に整然とした編隊を崩さずに走行する白バイの一団を、歩道を歩く観光客が物珍しげに見ている。

7

A分隊は箱根湯本の駅前を通過し、東海道を西へと進んでいた。箱根駅伝往路五区、復路六区のコースで、木乃美にとっては走り慣れた道だ。

成瀬に頼んでSNSで呼びかけてもらったところ、小田原《おだわら》から箱根エリアにかけて、複数の目撃証言が寄せられた。望月は中強羅学園高校二年生の石塚絵里に接触するつもりのようだ。

逸《はや》る気持ちをいなすように、複雑に曲がりくねった道がA分隊一同の加速を阻む。

箱根駅伝では左折する宮の下《みやのした》の信号を直進し、コースから外れて国道一三八号線に入った。山梨県富士吉田《ふじよしだ》市へと続く、箱根裏街道と呼ばれる道だ。

緑の中に見え隠れする早川《はやかわ》を右手に見下ろしながら進み、県道七二三号線で箱根登山鉄道強羅駅のほうへと向かう。

中強羅学園高校は、ペンションや温泉宿、民家が混在する強羅の街中にあった。

すでに授業は終わっているようで、グラウンドからは部活に励む生徒たちのかけ声が聞こえる。居残っていた帰宅部生か、校門から出てくる制服の生徒たちが、白バイ隊を遠巻きにしながら通り過ぎた。

「ここでいいのか」

山羽がエンジンを止め、振り返る。

「はい。正門前で待ち合わせ、ということなので」

木乃美はスマートフォンを確認した。間違いない。白バイ隊が到着したら、この場所に『メグ』なる人物が現れる手筈《てはず》だと、成瀬からメールが届いている。

『メグ』というのはSNSでのアカウント名で、成瀬のフォロワーらしい。うちの学校の前に黒いバイクが止まっており、黒ずくめの不審な男が、帰宅する生徒に話しかけているのを見た、という内容の情報を、成瀬のもとに寄せてきたようだ。成瀬は『メグ』に、これから白バイ隊がそちらに向かうので、詳しく話をして欲しいと頼んでくれていた。

「しかし便利っつうか怖いっつうか、すごい時代になったもんだな。スマホ一つで居場所が特定されちまうってんだから、悪いことできないや」

ヘルメットを脱ぎながら、元口が鼻に皺を寄せる。

「なに言ってんだ。どんな時代だろうと悪さを働いちゃ駄目だろうが」

梶はあきれ顔で肩を揺らした。

「どの子が『メグ』なんだろうね。時間とか指定しなくても、私たちが正門前に来ればば出てくるって話なんだろ？」

潤がグラウンドを見つめる。

「うん。成瀬さんからのメールには、そう書いてあった。エンジン音でわかるだろうし、『メグ』さんのいる場所からは正門も見えているから、白バイが来たらすぐに出ていけるって」

「ってことは、文化部かな。運動部なら動き回っているだろうから、つねに校門を気にすることもできないだろうし……あ、あれじゃない？　あの、窓からこっちを見下ろしている女の子」

潤が指差した三階の窓からは、数人の少女がこちらを指差しながらなにやら囁き合っている様子だ。奥にはカンバスのようなものが見えるので、美術部だろうか。

「ちょっと違うんじゃないか」

三階を見上げながら、山羽が首をひねる。

たしかに少女たちは笑い合ったり、こちらに向けてスマートフォンのカメラを向けたりするばかりで、降りてくる気配はない。

「おれたちのあまりの格好良さに照れてるんじゃないか」

元口がバイクを降り、校門をくぐる。

「やめとけ、元口。不法侵入だぞ」

梶の制止も糠《ぬか》に釘《くぎ》だ。

「大丈夫っすよ。捜査のためなんですから」

そのまま敷地の奥へと消えた。

「あいつしょうがないな。おれも行ってきます」

梶が校門のほうに駆け出そうとしたそのとき、元口が後ろ向きに歩きながら校門から出てきた。元口を追いやるように、スーツ姿で眼鏡をかけた中年の女が出てくる。この学校の職員のようだ。

山羽が慌ててバイクを降り、女に駆け寄る。

「あ……申し訳ないです。けっして怪しい者ではないんです。私たちは神奈川県警の交通機動隊で」

「存じています。博己くんからメッセージをもらってたので」

後ろ姿しか見えないのに、山羽の困惑が伝わってきた。

「そうですか。ではあなたが……『メグ』さん？」

「この学校の教員をしている、中島恵《なかじまめぐみ》です」

A分隊全員が意表を突かれたせいで、奇妙な沈黙が流れた。若いイケメン俳優のファンというだけで、勝手に『メグ』を生徒だと決めつけていた。

最初に使命感を取り戻したのは、山羽だった。

「黒いバイクに乗った黒ずくめの不審な男が、生徒さんに話しかけていたと、うかがいましたが」

「はい。生徒から呼ばれて校門を出たら、たしかに黒ずくめの男が生徒に話しかけていたので、警察を呼びますよと警告したんです。そうしたら、バイクに乗って去っていきました」

「どっちのほうに走っていったのか、わかりますか」

「あっちです」

「どこ行ったんですかね」

元口が顔をしかめ、中島恵の指差したほうを見る。

「石塚絵里さんのアルバイト先のコンビニだと思います。同じ方角ですから」

中島恵が言った。

山羽が訊く。

「黒ずくめの男は、石塚さんについて聞き回っていたんですか」

「生徒から聞いた話だと、そうみたいです。石塚さんの友人には、注意するように石塚さんに伝えておいてと言ったのですが……」

石塚絵里のアルバイト先であるコンビニエンスストアの場所を聞き、中強羅学園高校を後にした。

コンビニエンスストアは、五百メートルほど先にあるという話だった。温泉宿の集まった場所らしく、人通りも増えてくる。

次の交差点を左折したらコンビニエンスストア、というところまで来て、ふいにけたたましいサイレンが聞こえた。

交差点を左折する。

コンビニエンスストアの店先にある回転灯が、点滅していた。

制服を着た従業員らしき白髪の男が、駐車場に出ている。

「どうしました」

駐車場に乗り入れながら、山羽が訊ねた。

「ちょうどよかった！　いまおかしな男が、うちのアルバイトの女の子に絡んでいたんです。女の子を強引に外に連れ出そうとしたから防犯サイレンを鳴らしたら、逃げていきました。捕まえてください！」

店内では従業員らしき若い女が顔を両手で覆っている。泣いているようだ。同じく従業員らしき、年配の女に慰められている。

「バイクの特徴は！」

元口が車道のほうにハンドルを切りながら訊いた。

「全身黒ずくめで、バイクも黒でした！」

「連れ出されそうになった女の子の名前は、石塚絵里さんですか」

木乃美の質問に、白髪の従業員は目を丸くした。

「どうしてそれを？」

「望月ですね」

梶が言い、山羽が頷く。

「行くぞ」

「待ってください」

熱くなる一同を諫《いさ》めるように、潤が軽く手を上げる。

そのまま目を閉じ、眉間に皺を寄せた。

「なにやってる──」

不審げにする元口を、山羽が人差し指を口の前に立てて黙らせる。

耳を澄ませばわかる程度に、かすかなエンジン音が続いている。潤はおそらく、音を辿って望月の向かった先に見当をつけている。

やがて目が開いた。

「こっちです」

潤の先導に従って走ると、次第にエンジン音が近づいてきた。

やがて前方の交差点を、左から右へと黒い影が横切る。

間違いない。望月のアプリリアＲＳ２５０だ。

先頭の潤がサイレンを鳴らすのを合図に、全員が加速し、緊急走行態勢に入った。

ここ強羅で望月の身柄を確保すべく、山羽の指示で離散合流を繰り返しながら追跡したが、追い詰めるたびにするりと逃げられる。

『相変わらずとんでもないテクだな』

元口の口調は憎しみ半分、感嘆半分という感じだ。

『違う出会い方をしたかったもんだ。これまでの相手とはモノが違う』

梶はすでに心酔しているようだった。

『公道での技術は生命を守るためにあるんだ。曲芸を見せるためじゃない』

山羽はA分隊の士気を高めようと懸命な様子だ。

その後もRS250は追跡をあざ笑うかのように逃走を続け、ついにA分隊の包囲網を突破し、県道七二三号線に入った。

8

パトカーは神奈川県警本部庁舎の駐車場に入った。

坂巻がハンドブレーキを引くと、助手席の峯が目を覚ました。

「着いたか。すまないな。すっかり眠っちまった」

「かまわんですよ。少しは疲れが取れましたか」

「うん。だいぶ頭がすっきりした。ありがとう」

峯は最後にもう一つ、とばかりに大きな欠伸《あくび》をした。事件の終わりが見えてきて、このところの疲労がいっきに噴き出したようだ。

「さて、着いたぞ」

後部座席を振り返ると、竹山は無表情で前を見据えていた。

気取りやがって。

ふんと、鼻を鳴らしながらシートベルトを外したそのとき、竹山が口を開いた。

「望月さんは、どうなったんですか」

「さあ。みなとみらいのA分隊が追ってるけん、逃げられることはないと思うけどな」

不敵に笑ってみせると、竹山もふっ、と嘲るような笑みを漏らした。

「捕まえたか逃げられたかを、気にしてるんじゃありません。まだ生きてるかどうかを、気にしているんです」

「はあ？」

なに言ってるんだ、こいつ。

峯と顔を見合わせてから、竹山を振り向いた。

「心配せんでも死なせたりせんわ。拳銃ぶっ放すわけじゃあるまいし。ここはアメリカじゃないとぞ」

「なに言ってるんですか。私は望月が死ぬのを心配しているわけじゃありません。そろそろ死んだのかと、気になっただけです」

「なに言うとるとや。意味わからんぞ」

「いや、そろそろブレーキが利かなくなったころかなと思って。あらかじめ細工しておいたんですよ。白バイから逃げているような高速走行中にそうなったら、まず助からないでしょう?」

9

RS250は県道七二三号線から東海道に入った。箱根駅伝復路六区のコースを、途中からなぞるかたちになる。

道はスロットルをひねるのが怖くなるほどの、急勾配の下り坂だ。

そのころから、望月のライディングに明らかな変化が見え始めた。曲線的でなめらかだった走りが、粗雑で乱暴な印象になったのだ。その瞬間だけを切り取れば、別人の運転と言われてもすんなり信じてしまうだろう。

集中力が途切れたのか。疲労のせいか。それとも急に体調が悪くなったのか。

はらはらしながら追跡を続けていると、無線から坂巻の声が聞こえた。

『神奈川本部からA分隊、聞こえますか。捜査一課の坂巻です。至急、皆さんにお伝えしておきたいことがあります。現在おそらく追跡中だと思われますが、望月隆之介のバイク、竹山がブレーキに細工していたようです。竹山によると、そろそろブレーキが利かなくなる頃合いだということです』

木乃美は息を呑んだ。

こういうことだったのだ。望月に隠れ家とバイクを与え、県内を走り回らせた狙いは。

望月が犯人であると印象づけた上で、逃走中の事故により死亡させる。成功すれば、自らの犯行が明るみに出ることはないし、いつまでも涼子が慕い続ける実の父親を排除することができる。失敗したところで、望月はもともと、涼子の罪をかぶって服役するつもりだった。警察の追及は、竹山には及ばない。

竹山の目論見通りに望月が事故死したところで、涼子が竹山を父親と認めたかどうかは甚だ怪しいものだが、竹山にとっては、それこそが涼子の父親になるための、最良の選択だったのかもしれない。

山羽が無線に応答する。

『交機七一から神奈川本部。たぶんもうブレーキがいかれてる。走りが乱れてきている』

『シフトチェンジもできてないんじゃないか』

そう言ったのは元口だった。

『やばいぞ！　このスピードで下り坂は！』

梶が叫ぶ。

RS250は異常な速度を保ったまま、先の見えない急カーブに差しかかろうとしていた。

10

まずいなと、潤は息を呑んだ。

いまのところ、危なっかしいところはあれど、望月はカーブをクリアしていけている。

だがこのまま山を下りきれるわけがない。

カーブは頻繁に訪れ、またその角度も大きくなっている。ブレーキを駆使しても危険な山道だ。

そしてあの、大平台のヘアピンカーブ――。

一八〇度にUターンするあの急カーブを、ブレーキングなしで曲がりきれるわけがない。谷底に真っ逆さまだ。

大平台のヘアピンカーブまでに、なんとしても決着をつける必要がある。

まずは望月に現状を認識させ、協力してもらうことが大事だ。

潤は拡声ボタンに手をかける。

いや、遠すぎる。

ただでさえブレーキの故障で余裕がなくなっている。もっと近づいて呼びかけないと、耳を傾けてもらえない。

無線交信ボタンを押し、山羽に告げた。

「班長！　RS250と並走します」

『馬鹿！　自殺行為だ！』

即答したのは元口だった。

「行かせてください！　行けます！」

行く。行けないと、望月を死なせることになる。

『行け！』

山羽が自分を追い抜けとばかりに、スペースを空ける。

潤はスロットルを全開にし、RS250を追った。

右カーブ。その次は左カーブ。右、左、右、左と来てしばらくストレート。そして右。

ブレーキは使わない。

木乃美と一緒にツーリングしたおかげで、コースは頭に入っている。もっともロスの少ないライン取りで、直線的に。

そしてついに、RS250に並んだ。

拡声ボタンを押す。

「望月さん！」

ちらりとこちらを気にするそぶりを見せたものの、望月は速度を上げて追跡を引き離しにかかった。

ぐん、とRS250の速度が増し、置いていかれそうになる。

「待って！」

このままではまずい。

懸命に食らいつきながら、望月に呼びかけた。

ふたたび追いつき、横に並ぶ。

「川崎です！『チーム厚木』の川崎潤です！」

たぶん伝わった！

ヘルメットの微妙な動きでわかる。

だがそのせいで、目の前に迫った急カーブへの反応が少し遅れたようだった。

「危ないっ！」

スロットルを緩めて望月を先行させながら、無事に曲がりきるのを祈る。

ＲＳ２５０はほとんど横倒しになるような角度で、カーブに切り込んでいく。タイヤが甲高い悲鳴を上げ、巻き起こった白煙で一瞬視界が効かなくなる。

どうなった？

視界が晴れて、ほっとする。

無事カーブを抜けたようだ。

スロットルを全開にして、ふたたび横に並んだ。

「望月さん！　涼子ちゃんは犯人じゃない！　犯人は竹山！」

ふたたびカーブが押し寄せる。

並走したまま突入する。

それほど大きくないカーブだが、さすがにこの速度だと遠心力で道路から弾き飛ばされそうになる。

あわやガードレールに激突というところだったが、なんとか乗り切った。

拡声ボタンを押す。

「竹山がブレーキを壊した！」

まただ。

前方に大きなカーブが見える。

「次、左に曲がるから！　大きく曲がるから！　アウトに寄って！」

そう叫んでほんの少し速度を緩め、ここに来い、とばかりにスペースを作った。

意図が伝わったらしく、望月がガードレールの際まで道路の右側に寄せる。

道が曲がる。

遠心力で強烈なGがかかる。

ギリギリまで車体をバンクさせ、切り込むようにカーブを攻める。

アウトからインへ、そしてアウトへ抜ける。

どうなることかと肝を冷やしたが、さすが望月だ。ノーブレーキでカーブを曲がりきった。

だが安心する間もなく、カーブが押し寄せる。

「また右に寄って！　左に小カーブの後、右、左と大カーブ！」

その後も望月は潤の指示に従い、カーブをクリアしていく。

だが一つのカーブをクリアするということは、大平台のヘアピンカーブに近づくということでもあった。あのヘアピンカーブだけは無理だ。どんな技術を持ってしても、ブレーキなしで曲がりきることは物理的に不可能だ。

そこまでに答えを出さなければ。

「次、かなり大きいやつ！　右、左と来るから！」

懸命に指示を出しながらも、焦りは募っていった。

そのとき、無線から木乃美の声がした。

『潤！　あれ！』

「あれってなに！」

『あれだよ！　望月を助けるには、あれしかないよ！』

ぴんときた。

あれをやるというのか。たしかにかつて一度成功しているが、あれは木乃美とのコンビネーションがあったからこそだ。しかも成功したといっても、木乃美は大怪我を負って三か月も入院することになった。

それを望月にやらせる？

やってくれるだろうか。

私のことを、信用してくれるだろうか。

『迷ってる時間はないよ！』

たしかに木乃美のいう通りだ。

大平台のヘアピンカーブまで、三〇〇メートル弱と迫ったところで、潤はスロットルをひねり、ＲＳ２５０にバイクを並べた。ここからヘアピンカーブまでは、比較的真っ直ぐな道が続く。

「望月さん！　なにもいわずに私を信じてください！」

かすかにヘルメットが動いたのは、承諾だと解釈しよう。

「スピードを出して！」

もっとスピードを出せと煽るように、ＲＳ２５０より先行する。

ＲＳ２５０が速度を上げ、横に並んでくる。

「もっとスピードを出して！　上げて上げて！　車体を安定させて！」

速度を上げながら、少しずつ、少しずつ、左に幅寄せしていく。

もう少しで接触するというギリギリのところまで寄せて、潤は叫んだ。

「飛び移って！　こっちに！」

望月が一瞬、ぎょっとしたように顎を引く。

「早く！」

お願い！　私を信じて――！

「ぜったいに助けるから！」

望月が決意したように足を浮かせる。

どのみちブレーキは壊れているので、それでもじゅうぶんな速度は保たれ、車体は安定している。

両足をシートに載せ、ステアリングを握ったまま体育座りのような格好をした望月が、わずかに尻を浮かせる。

潤は近づいてくるヘアピンカーブを見据えながら、神経を研ぎ澄ました。

チャンスは一度。

失敗したら……。

いや、失敗しない！

「飛んで！」

左のほうで影が動く。

続いて望月が飛びついてくる。

衝撃。

抱きつかれてバランスを崩しかけるが、ここで転倒してしまえば元も子もない。懸命に上体を起こしながら、フロントとリアのブレーキを同時にかけた。

崖が迫る。身がすくむ。息を呑む。

RS250が崖から飛び出すのが見えた。

私もそうなるのか。

いや、ならない。

だが、潤の意思とは裏腹に、マシンは止まらない。

いっぱいにブレーキを握り締める。

きききき、となにかが激しく軋むような音が響く。

マシンなのか、道路なのか、その音がどこから聞こえているのかわからない。自分の身体が壊れそうになっている音かもしれないと思った。

道路を飛び出し、がくん、と急激に落ち込む感覚に、胃が持ち上がる。

落ちる――!

そう思ってぎゅっと目を閉じた瞬間、CB1300Pは前のめりになったまま停止した。

止まった……？

ゆっくりと目を開けると、木々の緑が見えた。急峻な山肌に茂る木々を、潤は上から見下ろしている。あたりにはアスファルトの焦げる臭いが立ち込めていた。

どん、と遠くで鈍い音がする。

遥か前方で、崖を下って木に衝突したＲＳ２５０が大破していた。

一つ間違えば、自分もああなっていたかもしれないと思うと、ぞっとする。

ぞっとするということは、助かったのだ。

だがどうして？

どうして止まったんだ。

振り返ると、木乃美、山羽、梶、元口が後ろからバイクを掴み、引き上げようとしていた。

少しずつ、後ろに引っ張られ、前傾していた鼻先が水平になる。

全身が脱力する感覚に襲われ、倒れそうになる身体を支えてくれたのは、望月だった。

ヘルメットを脱いだ望月は、目に涙をためていた。

「望月さん……涼子ちゃんは、とてもいい子です」

「おれは馬鹿だ。どうして涼子を信じ抜いてやれなかったのか。おれは本当に馬鹿だ」

うつむいた望月の両目から、大粒の涙がぼろぼろとこぼれた。

エピローグ

新横浜駅近くの路上で『立番』をしていた木乃美の目の前に、マスタングが停車した。

運転席から降りてきたのは、丸山淳也だった。

今日は一人のようだ。

「木乃美ちゃん。どうしたの」

丸山は不思議そうな顔で、歩み寄ってくる。

「丸山さんこそ、どうしたんですか」

「おれは本当にたまたま通りがかったんだ。そういえば前に、このあたりで木乃美ちゃんに会ったなあと思っていたら、本当にいたから驚いたよ。どうしてここにいるの。こんなところにいて平気なの」

口ぶりから察するに、今日がなんの日か知っているらしい。

「もしかして成瀬さんは……」

「もちろん、見に行ってるよ。せっかくの潤ちゃんの雄姿だからって」

今日は全国白バイ安全運転競技大会の日だった。

望月の件があって以降、潤にもいろいろと思うところがあったらしく、全国大会出場の誘いを受けることに決めたらしい。中隊長からは潤を翻意させてくれてありがとうといたく感謝されたが、木乃美自身がなんらかの働きかけをしたわけではない。潤が自分で決めたのだ。

自分も誰かのヒーローになろうと。

全国大会の会場である、茨城県ひたちなか市の自動車運転安全センター安全運転中央研修所の客席には、成瀬のほかに、竹山涼子の姿もあるのだろう。潤はいままでも涼子と頻繁に連絡を取り合い、相談相手になっているらしい。

「丸山さんは行かなかったんですか」

「おれ？　おれは行かないよ。朝早いの苦手だし、正直、白バイとかそんなに興味ないしさ」

へへっ、と申し訳なさそうに笑う。

「おれなんかより、木乃美ちゃんは行かないでいいの。親友が出場するんだよ」

「いいんです。潤が大会に出場しているってことは、みなとみらい分駐所は人手不足ってことですから。誰かが残って、仕事をまわさないと」

「そうか。えらいなあ」

しきりに感心されて、少し恥ずかしくなる。

正直なところ、うらやましさも、悔しさもある。たまたま非番日に重ならなかったから、応援に駆けつけることはできなかったが、実際にその場にいたら、悔しくてたまらなくなるんじゃないかとも思う。

でもこれでいいのだ。

潤には並外れた技術がある。

それを生かして、ヒーローになろうと決めた。おそらく潤は、来年の箱根駅伝の先導を任されるだろう。その姿をテレビで見て、潤を追いかけようとする子どもたちが、たくさん生まれるのだ。潤の歩いた轍《わだち》を、誰かが歩く。かつての潤が、望月隆之介の作った轍を歩いたように。

「いいなあ……」

ぽろりと本音が漏れてしまった。

「なにがいいの？」

「いや。私も出たいなと思って、全国大会」

「出られるよ、きっと」

「私もそう思います」

丸山と二人で笑った。

来年こそは、見てろよ。

木乃美は青の薄くなり始めた秋の空を見上げた。

いまごろ潤は、緊張で胸を高鳴らせているのだろうか。

心の中で、親友にエールを送った。

頑張れ、潤――。


ふと木乃美の声が聞こえた気がして、潤は我に返った。

潤はCB1300Pに跨り、スタートを待っていた。

目の前のコースでは、傾斜走行操縦競技女性部門が行われている。埼玉県警の女性白バイ隊員が絶妙なコーナーワークと巧みなアクセルワークで、次々とコースをクリアしていた。

こんなに緊張するものだとは、予想もしていなかった。

誰もが自信満々に見え、自分より巧く見え、自分が卑小な存在に思えてくる。開会式の時点から、頭がぼーっとして、地に足が着いた感じがしない。ずっと夢の中にいるような気分だった。

だがどういうわけか、木乃美の顔が浮かんで、その瞬間にふと肩の力が抜けた。靄《もや》のかかっていた視界が、すっきりとした。

コースのあちこちに並べられたコーンや、中腰になって選手のコーナリングをチェックする審判員の真剣な目つき、コース外から観戦する観客たちの圧倒されたような表情。顔、顔、顔。ぜんぶ見える。

成瀬もいる。

涼子もいる。

先ほどまでとは違った高揚が湧き上がる。

私は私でしかない。ふだん以上のことはできない。

けれど、ふだんの走りを見せられれば、人々を驚かせる自信はある。

いっちょ、見せつけてやるか。

埼玉県警の女性隊員がゴールした。なかなか高得点が期待できそうな走りだった。今日の最高得点が出るかもしれない。

それも、私が走るまでだけど。

「ゼッケン二一五番。川崎潤。神奈川県警」

アナウンスがスタートを告げる。

見てろよ、木乃美。

「はいっ!」

潤は腹から声を出して気合いを入れると、アクセルを開き、走り出した。

本作品は書き下ろしです。フィクションであり、実在する個人および団体とは一切関係ありません。（編集部）

実業之日本社文庫　最新刊

鳴海 章
鎮魂　浅草機動捜査隊
子どもが犠牲となる事件が発生。刑事・小町が、様々な母子、そして自らの過去に向き合っていく。そして定年を迎える辰見は…。大人気シリーズ第8弾！

な29

西村京太郎
日本縦断殺意の軌跡　十津川警部捜査行
新人歌手の不可解な死に隠された真相を探るため十津川班の日下刑事らが北海道へ飛ぶが、そこには謎の墓標が。傑作トラベルミステリー集。（解説・山前 譲）
に114

南 英男
特命警部
警視庁副総監直属で特命捜査対策室に籍を置く畔上拳。未解決事件をあらゆる手を使い解決に導く。元部下の巡査部長が殺された事件も極秘捜査を命じられ…。

み74

森 詠
吉野桜鬼剣　走れ、半兵衛〈三〉
半兵衛は柳生家当主から、連続殺人鬼の退治を依頼された。「桜鬼一族」が遣う秘剣に興味を抱き、半兵衛は大和国、吉野山中へ向かう――。シリーズ第三弾！

も63

吉田雄亮
俠盗組鬼退治
強盗頭巾たちに襲われた若侍の手にはなぜか富くじの木札が。江戸の諸悪を成敗せんと立ち上がった富豪旗本と火盗改らが謎の真相を追うが……痛快時代小説！

よ51

安部龍太郎、隆慶一郎ほか／末國善己編
龍馬の生きざま
京の近江屋で暗殺された坂本龍馬。妻・お龍、姉・乙女、暗殺犯・今井信郎、人斬り以蔵らが見た真実の姿。龍馬の生涯に新たな光を当てた歴史・時代作品集。

ん28

実業之日本社文庫　好評既刊

佐藤青南
白バイガール
泣き虫でも負けない！　新米女性白バイ隊員が暴走事故の謎を追う、笑いと涙の警察青春ミステリー！　迫力満点の追走劇とライバルとの友情の行方は――？
さ41

赤川次郎
死者におくる入院案内
殺して、隠して、騙して、消して――悪は死んでも治らない？「名医」赤川次郎がおくる、劇薬級ブラックユーモア！　傑作ミステリ短編集。（解説・杉江松恋）
あ18

池井戸 潤
空飛ぶタイヤ
正義は我にありだ――名門巨大企業に立ち向かう弱小会社社長の熱き闘い。『下町ロケット』の原点といえる感動巨編！（解説・村上貴史）
い111

池井戸 潤
不祥事
痛快すぎる女子銀行員・花咲舞が様々なトラブルを解決に導き、腐った銀行を叩き直す！　テレビドラマ「花咲舞が黙ってない」原作。（解説・加藤正俊）
い112

池井戸 潤
仇敵
不祥事を追及して職を追われた元エリート銀行員・恋窪商太郎。彼の前に退職のきっかけとなった仇敵が現れた時、人生のリベンジが始まる！（解説・霜月 蒼）
い113

周木 律
不死症《アンデッド》
ある研究所の瓦礫の下で目を覚ました夏樹は全ての記憶を失っていた。彼女の前に現れたのは人肉を貪る異形の者たちで!?　サバイバルミステリー。
し21

実業之日本社文庫　好評既刊

知念実希人
仮面病棟
拳銃で撃たれた女を連れて、ピエロ男が病院に籠城。怒濤のドンデン返しの連続。一気読み必至の医療サスペンス、文庫書き下ろし！（解説・法月綸太郎）
ち11

知念実希人
時限病棟
目覚めると、ベッドで点滴を受けていた。なぜこんな場所にいるのか？　ピエロからのミッション、ふたつの死の謎…。『仮面病棟』を凌ぐ衝撃、書き下ろし！

ち12

堂場瞬一
独走
堂場瞬一スポーツ小説コレクション
金メダルのため？　日の丸のため？　俺はなぜ走るのか——。「スポーツ省」が管理・育成するエリートランナーの苦悩を圧倒的な筆致で描く！（解説／生島淳）
と114

西澤保彦
腕貫探偵
いまどき〝腕貫〟着用の冴えない市役所職員が、舞い込む事件の謎を次々に解明する痛快ミステリー。安楽椅子探偵に新ヒーロー誕生！（解説・間室道子）
に21

西澤保彦
腕貫探偵、残業中
窓口で市民の悩みや事件を鮮やかに解明する謎の公務員は、オフタイムも事件に見舞われて……。大好評〈腕貫探偵〉シリーズ第2弾！（解説・関口苑生）
に22

西澤保彦
探偵が腕貫を外すとき　腕貫探偵、巡回中
神出鬼没な公務員探偵〝腕貫さん〟と女子大生・ユリエが怪事件を鮮やかに解決！　単行本未収録の一編を加えた大人気シリーズ最新刊！（解説・千街晶之）
に28

実業之日本社文庫 さ42

白《しろ》バイガール　幽霊《ゆうれい》ライダーを追《お》え！

2017年2月15日　初版第1刷発行
2019年10月1日　初版第3刷発行

著　者　佐藤青南《さとうせいなん》

発行者　岩野裕一
発行所　株式会社実業之日本社
〒107-0062　東京都港区南青山5-4-30
CoSTUME NATIONAL Aoyama Complex 2F
電話［編集］03(6809)0473［販売］03(6809)0495
ホームページ　http://www.j-n.co.jp/
ＤＴＰ　株式会社ラッシュ
印刷所　大日本印刷株式会社
製本所　大日本印刷株式会社

フォーマットデザイン　鈴木正道（Suzuki Design）

ISBN978-4-408-55339-9（第二文芸）